Fernanda Magalhães

QUARTA-FEIRA DE CINZAS NA LOJA DE FANTASIAS

exemplar nº 241

Esc. Escola de Escrita.

ARTE E LETRA

Curitiba
2025

capa e projeto gráfico FREDE TIZZOT

edição e revisão JULIE FANK

M 189
Magalhães, Fernanda
Quarta-feira de Cinzas na loja de fantasias/Fernanda Magalhães. –
Curitiba : Arte & Letra, 2025.

176 p.

ISBN 978-85-7162-019-3

1. Ficção brasileira I. Título

CDD 869.93

Índice para catálogo sistemático:
1. Ficção: Literatura brasileira 869.93
Catalogação na Fonte
Bibliotecária responsável: Ana Lúcia Merege - CRB-7 4667

ARTE E LETRA
Rua Des. Motta, 2011. Batel. Curitiba-PR
www.arteeletra.com.br

Para Nena, Lila, Alice, Francisca, Letícia, Maria Alcobas, Ana Idalina, Maria Diaz, Margarida, Rosa e Magdalena Vera, que vieram antes de mim e começaram esta história

tem os que passam
e tudo se passa
com passos já passados

tem os que partem
da pedra ao vidro
deixam tudo partido

e tem, ainda bem,
os que deixam
a vaga impressão
de ter ficado

Alice Ruiz

SUMÁRIO

GILDA

Antes de morrer, gostaria de experimentar um orgasmo múltiplo. Fico pensando se as mulheres de fato sabem diferenciá-lo de um orgasmo comum. Acredito que se a mulher já teve os dois tipos de orgasmos, é fácil diferenciar. Mas se só teve um deles, como saber se é o múltiplo ou o unitário? Imagine uma mulher que só teve o múltiplo, mas achou que era o unitário. Ficou o resto da vida esperando um lance a mais e morreu se sentindo incompleta. Já estava no melhor dos mundos, mas achava pouco. Será esse o meu caso, Tessa? Ao invés de estar contente com tudo o que vivi, uma vida acima da média com toda certeza, fico aqui sofrendo, porque vou morrer.

Pelas minhas contas, já vivi demais. Poderia viver mais duas ou três vezes. Vida eterna seria um exagero. Penso nas situações em que já fui chamada de vampira. E se eu fosse de fato uma e vivesse para sempre? É uma ideia tão difícil de compreender quanto aquela de as paralelas se unirem no infinito. Devo ter um tipo de dislexia para tempo e espaço, pois simplesmente não entendo esses conceitos. Sempre, nunca, alhures, nenhures. Você está prestando atenção no que estou dizendo? Então, se eu fosse mesmo uma vampira, acho que morreria de tédio. Seria como estar enjaulada em um navio que não atraca nunca. É impossível haver novidade nas coisas que duram pra sempre. Não que eu seja particularmente dependente das novidades.

Lembrei agora de um caso que vi no Discovery Home and Health, sobre uma mulher que teve a perna amputada e sentia a presença de um membro fantasma. Era como se a perna estivesse ali. Algo relativamente comum para as pessoas que sofreram amputações. Elas sentem coceira nos dedos dos pés, dor na panturrilha, cócegas, coisas assim. Só que essa mulher, especificamente, tinha orgasmos na perna fantasma. Era só bater um vento no coto e a mulher gozava pela perna que não existia. Incrível, não é? Depois que vi isso, fiquei esperançosa. Perguntei para a Amélie no mesmo instante, será que consigo um desses? Gozar pela perna, já pensou? Por qualquer uma delas, até as que não existem. Por infinitas pernas. Aí, sim, um orgasmo verdadeiramente múltiplo. Ela riu, mas depois conteve o riso. Não queria tripudiar de mim, por eu nunca ter gozado.

Não tenho inveja dela. Gosto de vê-la gozar, acho bonito. Fico feliz e esse é o meu prazer. O que não quer dizer que eu não queira ter o meu próprio orgasmo.

Múltiplo, unitário, transcendental, místico. Uma *petite mort*. É isso, Tessa! Talvez a morte, bem na hora em que a vida está escapulindo do nosso corpo, seja um orgasmo. Um orgasmo infinito, porque depois que a vida tiver nos deixado, não haverá mais nada, então aquela última sensação será vivida como eterna. Tá me entendendo? Não é sem sentido! Talvez esse seja inclusive o único sentido da morte. Qual mais seria?

Não posso deixar que a Amélie perceba que estou morrendo. É capaz de ela morrer antes de mim. Também não quero que meus últimos dias – ou seriam horas - sejam com ela transtornada, se preparando para a perda, tendo pena de mim, querendo me consolar, sendo que ela mesma não vai se aguentar em pé. Agora ela está dormindo e sinto a sua respiração. Gosto de me deitar em sua barriga e sentir o sobe e desce da vida dormindo. Sou o único ser com quem ela conversa. Quando eu morrer, de certa forma, alguma coisa nela vai morrer também. Você vai ter que dar apoio, Tessa. Ela não é arrogante. Tudo bem, foi grosseira com você. Certo, te chamou de ser inferior. Mas veja, ela se recusou até hoje a conversar com você, porque tem ciúmes. De mim e do Yeti. Ela acha que você quer me roubar dela e que você parasita o Yeti, o que não é exatamente uma mentira em nenhum dos casos.

Deixa pra lá, vai. Você também é uma velha moribunda. Porque vive embriagada, não se angustia com a morte. Ah, você tem a sensação de que podia ter aproveitado mais a vida? Não me surpreende que não ligue a mínima. Pois fico pensando que a minha vida começou tarde demais, só quando conheci Amélie e começamos a viver juntas. De quantos preconceitos tive que me livrar para afinal pousar em seu corpo e ali fazer meu ninho. E isso faz quanto tempo? O dobro de tempo que eu te conheço. Do que aconteceu antes nem me lembro. Ela briga comigo, porque não conto nada. Acha que escondo um passado cheio de acontecimentos. Se não lembro é porque não teve nada demais. Se eu vivesse uma eternidade, talvez esquecesse também da Amélie. Ela não seria nada. Um *Volare, Volare* no navio da vida eterna. Uma lagosta *à thermidor* servida na noite com o capitão, e na outra e na outra e na outra por centenas de milhares de anos. É só porque o meu navio vai atracar no próximo porto que me dói tanto.

Nunca tive a dimensão de como a minha vida foi curta e agora ela parece uma imagem subliminar em um filme, um cisco no tempo. Uma vida curta e sem orgasmos. Você não acha isso injusto, Tessa? Como assim, natural? Se eu não soubesse que os outros vivem mais e têm orgasmos, se eu não soubesse o que é isso, daí sim.

De fato, passei quase a vida inteira sem saber, mas agora sei e não me conformo. Gostaria de me rebelar contra alguma entidade, contra a natureza, contra a forma como fomos criadas na mais completa ignorância. Quantas de nós se permitem sair do casulo e buscar o prazer seja ele qual for? Você diz que não se importa, mas desde que descobriu a verdade sobre as coisas não para de beber. Não é que não sente. Você tá anestesiada.

Se você está feliz assim, isso me conforta. Sinto-me culpada por ter trazido esses questionamentos para sua vida, por ter te tirado da alienação. Às vezes acho que teria sido melhor ficar na ignorância, mas o que adianta pensar em mudar o passado se nem me lembro dele? Eu e Amélie nos conectamos um dia. O meu mundo, que era só um arroz com feijão de dias indistinguíveis um do outro, virou um resort no Caribe, um hotel seis estrelas, um safari na Mauritânia. Hoje sinto o tempo passando rápido demais, mas quando passava horas assistindo tv com Amélie, o tempo era infinito. Agora entendo o que isso quer dizer. Mesmo sem fazer nada, fazíamos muito.

Eu devia ter levado mais em conta a nossa diferença de expectativa de vida. Claro que isso iria acontecer. Era evidente que comparando a minha vida à de Amélie, era como se ela navegasse eternamente e eu fosse só um bote salva-vidas de papel. Furado. Que diabos, a ideia de ela me esquecer me atormenta mais que a de vê-la sofrendo por mim. Que coisa mesquinha. Não, não vou relaxar, Tessa. Você diz isso porque não sabe o que é o amor, por isso não tem medo de morrer. Eu também não tinha. Não me venha com essa, você não ama o Yeti, nem ao menos sabe o verdadeiro nome dele. Você ficou vidrada naquela cabeleira branca, grudou nele e se apaixonou pela farra. Isso, sim. Está preocupada em deixá-lo quando morrer? Não fique mesmo, ele não merece. Age como se você nem existisse. Dá mais atenção para Amélie do que para você. Talvez por isso seu ranço contra ela.

É muito injusto e cruel você dizer isso. Não tô morrendo em vida, enquanto você está curtindo ao máximo. Você é uma velha alcoolista, irresponsável e com sérios transtornos mentais. Veja, posso te xingar à vontade e você não liga. É irritante. Amor? Indiferença é o nome. Insensibilidade. A Amélie tem razão em não te dar conversa. Às vezes acho que essa tua ânsia de me querer só para você é mesmo só para espezinhá-la. Não, você não me faria mais feliz. Sim, gosto de passar tardes na frente da tv e de perambular na rua grudada nela. A inércia pode ser uma escolha, você sabia? Além disso, você me daria o que a mais? Um copo de *bloody Mary*? *No, thanks.*

Não aguento essa espera. Estatisticamente, eu já devia estar morta. Será hoje, amanhã, daqui a pouco, quando? Honestamente, não sinto que estou morrendo. Mas passei tanto tempo sem me sentir viva, que não surpreende agora que estou morrendo não sentir nada também. Minha vontade é seguir o seu conselho e puxar a cordinha. Fazer aquilo que você me disse sobre os elefantes: quando percebem a proximidade da morte, abandonam a manada para morrerem sozinhos. Não era um conselho? Bem, entendi assim.

Se você me desse um orgasmo, daí sim eu aceitaria. Iria com você e o Yeti para qualquer lugar. Alhures. Deve ser isso. Mas não tenho nenhuma esperança. Seu modo de ser é tão absurdo, que às vezes penso que você é fruto da minha imaginação. É só uma voz dentro da minha cabeça. Um sintoma senil. Queria eu ser uma alucinação da Amélie. Daí eu viveria para sempre, quer dizer, até que ela tivesse seu orgasmo infinito.

Só mais uma coisa, Tessa. Eu sei o que a Egípcia falou para o Yeti.

MARILENA

Não, meu amor. Nada mais impróprio. Ela não é ninguém na minha vida. Ficou me seguindo ontem na festa, porque quer me intimidar. Como nem desconfia que sei do caso dela com o Albuquerque, quer se mostrar, se impor na minha frente, para eu descobrir, criar confusão, pedir o divórcio. Quer ser esposa, tadinha. Trabalha de figurinista há anos na agência, há anos o Albu engambela a moça e há anos ela fica me seguindo nos eventos parecendo uma alma penada, como se os quilômetros rodados atrás de mim a fizessem tomar o meu lugar. Já falei pra ele dar um jeito nisso. Acho crueldade. Mas ela também é adulta. Prefere achar que o problema sou eu, e não ele. O que é que posso fazer, se até as jovens culpam as esposas pelos amantes pusilânimes? A menina tem menos da metade da minha idade, um terço do corpo tatuado, toda uma coleção de camisetas com frases libertárias, mas sou eu a responsável por ela não casar com seu *sugar daddy*.

Acho pouco provável que ela queira alguma coisa comigo. Tipo um *ménage*? Não consigo imaginar algo assim. Não é o estilo do Albu, um *ménage* com a esposa. Talvez, com duas auxiliares de produção, que juntas somem a minha idade. Comigo, não. E mesmo se quisesse, não tenho o menor interesse por ela. Ela nem peito tem, é uma tábua. Seca, seca, seca. Não tem formas, não tem curvas. Parece que nem entrou na puberdade. Falo para o Albu que ele devia resolver melhor essa tendência à pedofilia na análise. Mas ele acha que é natural todo homem ter fantasias por menininhas. Fantasinhas, eu brinco com ele. E além disso, não vejo graça em sexo sem paixão. Nem gosto de malabarismos, acrobacias e outras atividades circenses. Você sabe, meu amor. Quantos anos até conseguirmos ficar juntas? Acha que eu jogaria tudo fora por um ménage com uma guriazinha sem peito, sem *joie de vivre*?

Ah, mas essas aventuras foram há muito tempo, antes do Albu, logo que me separei do Nuno. Aliás, logo que ele me abandonou com duas crianças sem me dizer que estávamos falidos. Já te contei que deixei meus filhos com a minha irmã para pôr a cabeça no lugar? O Guto não me desculpa até hoje por essa temporada na tia. Acho que ele desconfia de tudo o que aprontei e é isso que ele não perdoa. Não me arrependo. Depois de quinze anos de casamento com um narcisista insuportável, de ter sido traída e humilhada publicamente, eu precisava não só me distrair, mas principalmente me vingar. Passa o vinho, meu amor.

Hoje não acho que tenha feito nada de mais. Na época, depois que eu soube que estava falida e que ia ter que bater de porta em porta para dar aulas de francês, uma culpa enorme se apropriou de mim e uma paranoia de que todo mundo na cidade soubesse de tudo o que eu tinha feito. Sobretudo depois que as *soeurs* do Sion me acolheram. Imagina se elas desconfiassem? Mas elas tinham uma imagem inabalável da aluna certinha que eu era no magistério. Não ria! Elas não tinham como saber o que havia entre nós. Nem a gente entendia direito na época. Talvez você, que era mais esperta, mais madura. Eu era uma boba carola que via pecado em todas as coisas que a gente fazia no banheiro. E durante a missa, então? A gente só encostava a perna. Assim. E roçava uma mão na outra. Assim. Mas pra beijar assim, quanto tempo levou? E assim?

Não dou evasivas. É que não vejo porque lembrar aquela época. Eu era outra. Mas se você faz questão, eu conto. Eram festas que eu dava em casa, sempre com um pretexto supostamente intelectual. Conversações de francês, saraus de poesia, cineclubes, basicamente só com convidados homens e algumas mulheres lindas que eles levavam. Não seja boba, na época eu só queria fazer sexo com os amigos do Nuno e com os caras de quem ele tinha inveja. Era isso que me dava prazer, não o sexo propriamente. É claro, eu gostava das festas que eu conduzia do jeito que sempre quis, fazendo a curadoria do cineclube a meu modo, só com diretores europeus, Godard, Fellini, Truffaut. Nada dos americanos que o Nuno se gabava de conhecer e conseguir antes de todo mundo, assim como toda aquela parafernália eletrônica que ele comprava pra se exibir e ostentar um dinheiro que depois descobri que ele nem tinha. Eu adorava planejar o cardápio e já naquela época servia *finger food* sem nem saber. Achava bem mais elegante do que os pratos cheios de camarão, creme de leite e catupiry que o Nuno achava chique e não adiantava discutir. Não sei como suportei tanta barbárie maquiada de *finèsse*.

Os vinhos era o Albu que levava. Nós não ficávamos juntos naquela época. Mas quando veio toda a lama, ele foi o único a me dar a mão. Ele é muito importante na minha vida, meu amor, você sabe. A gente se aceitou do jeito que é, e ele nunca me recriminou por toda a devassidão que ele viu naquele apartamento, antes e depois das festas. Eu precisava de dois dias inteiros para me recuperar da ressaca e do cansaço. Durante esses dois dias, andava de camisola pelo apartamento feito um zumbi, recolhendo bitucas de cigarro, cacos de vidro, até camisinha usada, que asco. O furo de cigarro na minha Le Corbusier foi a gota d'água para eu acordar daquele delírio. Eu não era daquele jeito. Só precisava viver aquilo como uma catarse, como uma mudança de ciclo. Por anos, cuidei daquele furo como um monumento ao soldado desconhecido. Para lembrar da inutilidade das guerras e de seu poder destrutivo.

Passei ainda alguns anos andando rápido pela fila de pais do Sion, com medo de ser reconhecida, de ser apontada como a professora de francês leviana, a divorciada, a desquitada, a doidivanas. Foi só quando casei com o Albu e junto com as crianças formamos um lar novamente, é que pude andar na rua sem me sentir julgada. Eu sei, racionalmente não concordo com isso. Mas era assim que eu me sentia.

Como assim, ainda sou a mesma? Não acho que eu deva nada a ninguém. Você está sendo injusta. Não saímos juntas de mão dadas em Paris? Não nos beijamos em pleno café Lamas? Mas ontem na recepção do consulado estava toda a agência do Albu. E aquela sarna zanzando atrás de mim. Não cabia. Não tinha como.

Ainda não contei para ele sobre nós. Por favor, não fique assim. Não sei se ele acha que estou com alguém, quando viajo com você. Só digo que preciso espairecer, e ele não questiona. Talvez pense que fico com alguém ocasionalmente. Isso não importa para nós. Não estamos bem? Não diga isso, meu amor. Não é a história se repetindo. Fui uma grande idiota quando falei aquelas coisas todas e pedi pra você me deixar. Sim, usei aquela palavra. Queria voltar no tempo e jamais ter dito aquilo.

A diferença é que agora estamos juntas. Mas não posso abandonar a vida que construí esses anos todos. Você não entende, porque nunca se casou, nem teve filhos. Nunca teve uma família.

Espera, por favor. Não faça isso.

PÁDUA

Mais uma, Oliveira. Suzana Moura, 62 anos, funcionária pública aposentada. Paraná. Sim, tenho certeza. A bonita encheu o Instagram de vídeos falando que tava salvando o Brasil. Não se ligou que embaixo da camisa da CBF dava pra ver a alça do sutiã de oncinha. Tá no Insta e nos vídeos da invasão. Fora que fuma como uma chaminé, dá uma olhada no minuto 01:35. Olha como ela se senta na Sergio Rodrigues, cruza as pernas, traga bem devagarzinho e assopra pro alto se sentindo a Betty Davis do cerrado. O mundo ruindo ao redor, mas parece que ela tá achando libertador fumar dentro de um prédio público. Entendo esse prazer. Já fumei uns três cigarros acompanhando a diva. Esse nosso trampo devia pagar por insalubridade. Se não fosse remoto, eu taria subindo e descendo as escadas da superintendência pra fumar lá fora.

Olha agora. Fica olhando. Ela vai acender um cigarro no outro. Não parece que tá conversando com um ser imaginário sentado ao lado dela? Será que esse é o nosso futuro, Oliveira? Invadir o Palácio do Planalto pra dar uma fumadinha lá dentro? Eu também faria outras coisas, claro. Deixa eu ver se tem alguém nesse vídeo para eu convidar pra uma festinha privê no salão nobre. O problema é que esses caras de cabeça raspada e barba de lenhador não fazem meu tipo. Tem um de calça camuflada sem camisa, estilo Rambo, que até dava um caldo. Pra você não achei ninguém ainda. Quem, o Papai Noel ali? Benzadeus, Oliveira! Olha a pança do elemento. Fora a falta de noção de usar essa regatinha branca grudada no corpo. Tá, eu também curto um peludo, só que ele tem pelo branco nas costas. Não é preconceito, só não compartilho de todas as suas perversões. Só de algumas. Tá bom, quase todas. Mas da coisa com o Papai Noel eu tô fora. Não, nem jogando a barba no lixo. Tô até achando que essa barba é natural. Pera lá, vou dar um zoom. Olha lá, Oliveira. A barba não é fake, não. Sim, também achei que era disfarce, ainda mais usando óculos de sol e gorro de Papai Noel. Agora, se é natural, vai ser moleza de achar.

Putz, no insta da Suzana Moura ele não aparece e ela é a única pessoa com quem ele interage nos vídeos. Acho que é cacho dela. Pelo jeito que cochicha no ouvido e é todo *gentleman*. Tô até simpatizando com ele agora. Um cara que acende o cigarro da parceira, é *gentleman*, sim. Ele tem toda uma postura, um cuidado, um lance protetor de andar ao lado dela. Apesar de não dar a menor pelota pro que ela fala. E ela fala, avemaria. Fala só com ele.

Eles não parecem estar numa turma. Tô no 02:12 agora. Eles tão caminhando na frente do Bulcão. Ela saltitando ao lado dele, falando sem parar. Dá impressão que tá falando mal dos outros. Sabe aquela pose de maledicência, o corpo meio pra frente, a mão fazendo conchinha na boca? Ele ri às vezes. Tô conseguindo ver algum charme no casal. Pare com isso, meu bem. Você sabe que curto mais a tua faixa etária. Eu me surpreenderia por quê? Não vi. Não passei ainda pela Galeria dos Presidentes. Qual o minuto? Não tô acreditando que a gente tá perdendo esse tempo brincando de *big brother*. Achei. Pera lá. Deixa eu dar um zoom. Meu pai amado, não é possível. É vigor que chama? Pombas! Imagine quando era jovem e sem a pança. Pera, o que é que ele... Não acredito. Ele vai fazer o que eu tô pensando? Não pode ser! Puta que o pariu. Bem na cara do FHC!

Oliveira, tá estranho isso. Ele passou reto pelo Lula e pela Dilma. O Temer ele ignorou. Até aí tudo bem. No Bolsonaro, ele parou. Pausa aí. Pensa aqui comigo, o cara deve ter uns setenta. Nos anos FHC, ele tinha entre quarenta e cinquenta. Com o Collor também não fez nada, passou reto. Devia ser pobre na época. Foi o FHC quem ferrou a vida dele aparentemente. Sei lá, vai saber. Vai entender essa gente. O que me intriga é por que ele está aí com esse povo. Volta lá. Agora ele tá parado na frente do Bolsonaro. Ele olhou para os lados, você viu? Parece que queria ver se tinha alguém passando. Acho que ele ia fazer alguma coisa, mas não teve coragem. Tô pensando aqui se esse Papai Noel não é um infiltrado. Será que não é alguém aqui da PF? É, a gente reconheceria alguém com esse biotipo. Da ABIN, talvez. Já pensou nossa festinha privê com Papai Noel espião da ABIN? Agora tá valendo a pena o investimento. Era brincadeira, Oliveira. Sossega. Um infiltrado usaria verde e amarelo. O sujeito está de gorro vermelho. Vermelho, Oliveira! Tá estranho, muito estranho.

Eu também tô achando. Alguém com um objetivo que não tem a ver com os *minions*. Só aproveitou a onda deles pra entrar no Palácio do Planalto e fazer uma intervenção no retrato do FHC. Um Banksy tropical. Intriga ainda por que foi de Papai Noel. Ainda mais nesse calor. Ele parece não dar a mínima para o que os outros estão pensando. Está tão confortável de Papai Noel em traje de férias, que ninguém questiona. Deve ser meio doido. Doido que não rasga dinheiro, porque acertou em cheio o estraçalhador do Di Cavalcanti. Cê não viu? Vai lá no 03:25. Isso, logo depois que o sujeito esfaqueia o quadro. Não viu? Volta lá. Presta atenção, é muito rápido. O Noel acerta uma voadora nele. Yes! Que delícia! Pois é, o cara luta bem. Nada a ver, Oliveira, ele não pode ser da PF. Que tal falar com Werneck e perguntar se tem alguém assim no Paraná? Duvido. E se for da ABIN, esqueça. Nunca ninguém vai confirmar.

Eu te contei de uma amiga minha que era casada com um agente da ABIN? O sujeito nunca podia dizer onde estava, nem quando, nem com quem. Era tudo secreto. Para protegê-la, supostamente. Minha amiga se encheu e adotou a mesma postura. Não dizia nada do que fazia. Quando saía toda arrumada, quando voltava tarde e bêbada, quando dormia fora de casa. Chegou até a passar uns finais de semana fora. Ele não podia perguntar nada. Tinha que aceitar, para proteger o casamento, para trazer simetria ao casal. Nem vem, meu amor, que a gente é primeiro escalão, não tem essa de missão secreta. E essa história também não acabou bem. O cara ficou enlouquecido com os segredos da mulher. Gastava todo tempo e estrutura da ABIN investigando o que ela fazia. Descobriu altas surubas e não podia falar que sabia. Passou semanas só à base de relaxante muscular e whisky, até que teve um piripaque. Negociou ficar só em trabalho interno e encerrou a história do sigilo com a mulher. Mas minha amiga não aguentou e caiu fora.

Até parece, Oliveira. Como se eu te regulasse muito. Eu cuido de você, é diferente. Porque se eu deixar, cê fica fazendo merda que nem esse Papai Noel metido a Steven Seagal. A tal Suzana, quando acorda do delírio de primeira-dama, sai correndo atrás dele, dá bronca, faz que vai embora. Ele corre atrás que nem um coelhinho manso. Mas eu é que não quero esse papelzinho pra mim. Quer fazer suas loucuras, faça. Nem me conta. Vai se catar.

Caraca, perdi o Papai Noel. Você fica me distraindo, poxa.

Passado o episódio do Di Cavalcanti, ele cochichou qualquer coisa no ouvido da Suzana, ela fez que não gostou e meio que deu um chega pra lá nele. Depois não achei mais os dois. Eles somem? Então não perdi nada. Vou dar uma checada nas externas.

Achei! Vai lá, olha no minuto 00:45 do vídeo 34 das externas. Pois é, também achei amuado. E saiu sozinho sem a Suzana Moura. Repare que no minuto 00:51, ele tira o gorro de Papai Noel, amasseta tudo e enfia no bolso de trás. É careca com rabo de cavalo. Cê continua achando ele gato? Oliveira, cê não presta. Veja lá. Ele passa a mão nos olhos por debaixo dos óculos como se estivesse chorando. Anda alheio a tudo e sai do alcance das câmeras. Caralho. Já chegaram os vídeos dos acampamentos?

Puta merda, viu! Por que que a gente tá perdendo tempo com esse cara? Faz duas horas e não identifiquei mais ninguém além da Suzana. A culpa é tua, Oliveira, que me tira do bom caminho. Aposto que a sirigaitinha do superintendente deve ter uma lista de identificados e a gente aqui só no Netflix. É, gostosa é, mas aquele papinho de *influencer* não dá. Aquela coisa de postar foto às quatro da manhã na esteira, depois comendo ovo com abacate no café, gente assim devia ser presa. Isso que a gente devia procurar no Instagram, não esse bando de beata velha e de psicopata. Não, você não sabe se o superintendente tá pegando. Você acha. E você acha que o Papai Noel é gostosão, então não dá pra levar em conta o que você pensa. Agora me deixa trabalhar, vai. Tá, eu fico online. Bota um pomodoro aí e não me enche por 25 minutos.

Quê? Tô no vídeo 62 do circuito interno. Térreo. Qual minuto? Tô vendo. Sim, é ele subindo para o primeiro andar. Puta merda, Oliveira. Não acredito que você vai me por atrás do Papai Noel de novo. Pera, deixa eu voltar um pouco. É isso mesmo, ele sai da sala do GSI e sobe como um teleguiado. Pra mim, esse cara é só um maluco avulso. Arma? Não vi. Pera lá. Tá carregando um negócio, mas não dá pra ver o que é. Tá muito pixelado. As do circuito interno do primeiro andar não vi ainda. Já liberaram? Não vou ver agora. Quero finalizar os vídeos do térreo antes de deitar. Dormir aí? Nem pensar. Faz mais um pomodoro e depois vem me dar boa noite.

Calma, Oliveira. Fala mais devagar. Ele entrou na presidência? Me manda o link, que eu tô com preguiça de procurar. Tá abrindo. Ok, tô vendo. Não tô acreditando. Ele vai fazer a festinha sozinho na presidência! Meu, ele tá esticando carreira numa *nice* na mesa de trabalho do chefe de estado. Puta que o pariu, agora você gama. Te perdi pra sempre. Como é que não pensamos nisso antes? O cara é gênio, gênio! Um Papai Noel que invade o Palácio do Planalto, junto com outros lunáticos, sobe no gabinete do presidente e cheira uma fina. Não tô te zoando, é sensacional. Ele é um artista, um poeta, um performer. É talvez o fato histórico mais relevante desde o Bispo Sardinha. E nós somos as únicas testemunhas até agora. Você acha que é o caso de reportar ou guardamos o segredo na base do relaxante muscular com whisky?

Como assim não é pra rir?

Oliveira, não é grave. Ele tá só curtindo. Vai caretear agora? Tá bom, vou ver o resto.

Tô prestando atenção. Ele trouxe um carregamento pelo visto. Imagine a manchete: Papai Noel cruza o país trazendo um saco de cocaína nas costas, invade o gabinete presidencial e sai incólume com a sua cúmplice. Incrível. Enrolou os minions, a polícia, talvez até a namorada. Roupa de Papai Noel é uma espécie de salvo conduto. O cara é gênio. Pera. É um revólver ali? Então era uma arma mesmo que ele pegou no GSI. Pera. Ele tá tirando as balas. Que porra é essa, Oliveira? Puta merda, ele só deixou uma. Ele não vai, né? Não quero ver. Dei pause.

Não vou ver. Então me fala o que acontece. Não ligo pra *spoiler*. Diz logo. Tá bom, saco. Dei *play*.

Puta merda. Rodou o tambor. Ah não.

Nunca mais vai sair da minha cabeça.

Vou dormir aí.

CARLA, 33

2 km de distância, ativa há 1 dia

Pode ser só um final de semana massa, mas a meta é relacionamento sério. Podemos pular algumas etapas se você não for de direita e/ou conservador. Tenho paciência para explicar coisas óbvias, mas não abuse. Algum grau de autonomia intelectual é esperado.

Interesses

Tattoos, realismo italiano, gatos, bonsais, praia, drinks

CARMEN PIVA

Cascais, 11 de julho de 2020.

Querida Débora,

Se você está lendo essa carta, é porque já deixei este mundo. Dei instruções para o Ramos enviá-la para você antes que meu testamento fosse lido. Espero que tudo tenha corrido do jeito que planejei. Se deu certo, você também recebeu uma caixinha e uma passagem para Roma. Tenho um pedido, explicações e um presente para te dar. O pedido é para você fazer um lindo discurso sobre mim no lançamento de uma fundação que será criada aqui em Cascais com o meu nome. Não sei se você sabe coisas suficientes a meu respeito para fazer um discurso em minha homenagem. Não me importo que você invente umas mentirinhas sobre a sua avó! Gostaria, no entanto, que você soubesse de mim e por mim algumas coisas que ninguém sabe. Vou explicar e, por fim, você entenderá o presente.

O sutiã larguei aos setenta e cinco. Era pra ter largado dez anos antes. Sempre planejei assim. Você deve estar se perguntando qual a relevância disso. Calma, você vai entender. Saiba que a objetividade nunca foi uma virtude para pessoas da minha época. Lembra de quando você pediu a minha ajuda para desenhar a árvore genealógica da nossa família? Foram semanas e nem chegamos a terminar. Enfim, voltando ao sutiã, eu achava que com sessenta e cinco teria desistido de qualquer ambição sexual e me desembaraçado completamente dos homens. Finalmente deixaria as dietas, as manicures e cabeleireiras, as roupas desconfortáveis, a maquiagem, os saltos e seria uma dessas mulheres chamadas de bruxas ou loucas, com cabelo branco comprido e espigado, andando pelas ruas de camisolão e os peitos esparramados sobre a barriga. Livres. Sei que você, em nome desse tal feminismo, faria coro para que isso acontecesse de fato. Mas, veja, sem saber, eu estava na minha melhor fase. Tinha sessenta e um anos e jamais suspeitaria que encantaria um quarentão lisboeta e transformaria uma das minhas costumeiras férias na Europa em um novo casamento que já ultrapassou as bodas de prata. Além disso, meus peitos ainda não estavam no ponto de se esparramar sobre a barriga.

Conto para você essa história hoje, tanto tempo depois, porque quero ensinar algumas coisas que aprendi nesses meus noventa e um anos. Por onde começar, minha querida? Talvez o melhor ponto de partida seja confessando o meu maior pecado: só comecei a viver depois que meu pai morreu. Você chegou a conhecer seu bisavô? Agora me deu um branco. Já faz um bom tempo que não tenho mais certeza de nada! Bem, foi só quando coloquei as mãos na herança que ele me deixou, que pude ser dona da minha própria vida. Quando vi a cifra que me cabia após enterrar seu bisavô, não tive dúvidas de ir pra bem longe dali, comprando uma passagem só de ida pra Europa. Voltei para o Brasil, apenas quando estava bem segura de mim mesma. Se começasse a fraquejar, viajava novamente à revelia de meus irmãos e de seu pai, que queriam a todo custo administrar meu patrimônio. Nunca reconheceram os malabarismos que fiz para que aquela mesada, que seu bisavô me dava desde a morte do Piva e que hoje sei ser ridícula dada a totalidade dos bens do meu pai, durasse o mês todo suprindo as necessidades de uma casa de pobres que tinham que aparentar ser ricos, porque eram ricos, embora sem dinheiro. Por isso, seu pai sempre teve esse imperativo de ficar rico a qualquer preço. Não vou negar, minha querida, que sem perceber acabei contribuindo para que ele se tornasse esse metido à besta. Éramos todos assim, desempenhando papéis no grande teatro em torno de seu bisavô, indo a recepções no Country Club, fazendo aulas de pintura no ateliê do Andersen, aulas de francês com madame Cinvert, frequentando recitais e saraus nas famílias mais endinheiradas daí. Mas quando eu e seu pai voltávamos para nossa casa, eu rapidamente colocava os bobs no cabelo para fazer durar a fortuna que deixava no cabeleireiro e remendava as meias dele tomando cuidado para não lascar as unhas que eu pintava de vermelho, como se não tivesse que lavar toda a louça da casa. Nuno me olhava com desdém, como se eu não estivesse fazendo um bem para ele, mas sim um mal. Ali, ele era só o filho da viúva que administrava um quinhãozinho de nada.

Pois bem, enquanto eu vivia de mesada, já que seu avô (que você nunca conheceu, ainda bem, porque acharia o Piva um completo deslumbrado) me deixou com uma mão na frente e outra atrás, eu me sentia na obrigação de obedecer o meu pai, o velho Amaral, que jamais era contrariado por quem quer que fosse. Então, eu também não criava dificuldades, ao contrário, prestava reverências e dizia amém a tudo, me dedicando a cuidar dele, dos meus dois irmãos e do seu pai. Era eu que tinha que passar todas as orientações para os criados, verificar se a calça de papai estava com crivo bem retinho, se o colarinho das camisas estava impecavelmente engomado, se os sapatos refletiam o rosto de quem os olhasse. Caso não estivesse tudo em ordem, eu que era chamada de incompetente. Depois eu passava o maior sermão na criadagem. Como azucrinei a Lourdinha, lembra dela? Claro que não, você ainda era um bebê de colo quando ela morreu. Ela estava na família há três gerações. A avó dela era escrava na fazenda de erva-mate do vovô, dá para acreditar? Quando a conheci eu ainda era menina. Ela tinha cem anos, era cega e ficava sentada em uma cadeira de balanço, olhando o nada e cantarolando umas canções em um idioma indecifrável. Ela me dava medo. Mas medo mesmo eu tinha é do meu pai. Meus irmãos e o Nuno se aproveitavam da autoridade dele para mandar em mim também. Fico pensando se errei quando deixei eles cercearem a minha liberdade dessa forma. Mas tinha o que fazer, minha querida? Tenho certeza que você jamais se deixaria dominar por eles. Já eu não tinha a menor condição de me rebelar. Até tentei fazer valer a minha autoridade de mãe com o Nuno, só que bastava eu ralhar com ele, que o alcaguete ia direto para o colo do avô e quem levava a bronca era eu.

O estrago estava feito. Seu pai sempre acreditou ser mais o neto do milionário do que o filho da viúva com pai falido suicida. Você sabia que seu avô se matou, não sabia? Um tiro no escritório de papai. Sangue pra todo lado. Na certa, queria se vingar por meu pai não pagar as dívidas que ele fez nas mesas de jogo. Mas meu pai nem tomou conhecimento e só voltou pra casa quando estava tudo limpo. Coitada da Lourdinha. Eu também não vi nada, mas pedi para ela me contar. Hoje sei que fiquei melhor sem ter que aturá-lo chegando em casa bêbado e com o cheiro do perfume barato das bailarinas do *Marrocos*. O Nuno, tão criança que era, também nem sentiu a falta do pai. O velho Amaral já tinha de certa forma o adotado como filho. Um filho bastardo na verdade, porque nunca lhe daria acesso direto à conta bancária da família. Quando o seu pai se deu conta que teria que se virar como Piva, tratou de estudar direito tentando embarcar na tradição dos juristas da família. Acabou enveredando para a publicidade, só para desafiar o meu pai que começou a cortar as asinhas de dândi dele. E não sossegou enquanto não conseguiu um casamento bem-sucedido, engravidando a sua mãe no banco traseiro de um carro que comprou com um empréstimo em que eu era a avalista. Mas o coitado não viu a cor de um vintém dos Ortiz. O pai da sua mãe nunca nem sequer dirigiu a palavra ao Nuno. A Marilena era como eu na vida dele: uma mulher rica sem nenhum tostão!

Seu pai nunca nos perdoou por isso. Assim como sua mãe nunca o perdoou por tê-la abandonado à própria sorte depois que o escândalo veio à tona. Naquela época, dei as joias que ganhei do Piva para a sua mãe conseguir se manter com você e o Guto. Sei que ela enlouqueceu, deixou vocês com a irmã dela e provavelmente torrou minhas joias em champagne e *robes de chambre* de seda. Talvez ela tenha descoberto naquela ocasião o que só descobri após os sessenta. Fico feliz de ter financiado essa conquista. Por que julgá-la? Ela também foi vítima do próprio pai. E do Nuno. E se libertou dos dois. Já eu, recebi o Nuno novamente em casa, dando ordens e reivindicando o adiantamento da herança para fugir do país, caso contrário seria preso ou até mesmo morto. A culpa seria minha, ele dizia. E eu, realmente assustada, dei um bom montante de dinheiro para ele desaparecer.

Quando a sua mãe casou com o Albuquerque, Nuno reapareceu do nada. Foi a primeira vez que o vi completamente despido daquela empáfia de Amaral. Tava todo Piva, sentindo-se injustiçado pelo mundo. Estava arrasado. Certamente não era por perder a sua mãe, mas por perdê-la para um rival. Sei que você gosta muito do Albuquerque, mas me pergunto se o que fez sua mãe casar com ele foi amor ou medo de ser uma mulher desquitada. Bem, não é da minha conta. Pergunto-me essas coisas porque eu mesma me questionava se não era um erro me casar de novo depois de trinta e tantos anos de viuvez celibatária - não por não haver pretendentes escolhidos por minha família a dedo, mas pelo horror que eu tinha da ideia de mais um homem orbitando ao meu redor. Bem ou mal eu tinha a minha casa e, ao menos dentro daqueles muros, a rainha era eu. Ainda que, desde o escândalo, eu tivesse que sustentar o Nuno, que vive às minhas custas até hoje. Mas isso irá acabar. Você já vai entender.

Logo que a situação do seu pai acalmou e que vocês foram morar com o Albuquerque, percebi que precisava ficar longe da minha família, supervisionando seu pai e vocês de longe. Saí numa daquelas viagens terapêuticas para a Europa e conheci o Ramos, com aquele garbo todo. Na hora, pensei: Carmen, sua doidivanas, o que você está fazendo? Mas, minha querida, quando você tem uma conta bancária só sua, nutrida por aluguéis de incontáveis imóveis todos os meses, somando um valor que nem se esforçando muito você seria capaz de gastar em vida, são poucos os medos capazes de te assombrar. Medo de catástrofes, de doenças graves, de acidentes e, obviamente, da morte. E só. Para todo o resto, o dinheiro dá um jeito. Imagine se eu tivesse essa coragem toda com trinta anos? Deve ser isso que meu pai pensou ao me manter com o dinheiro justo. Devia achar que eu formaria uma fila de homens para entrar no meu quarto. Essa mania de os homens acharem que toda mulher precisa de cabresto me levava a pensar se não estava fazendo uma enorme burrada ao me casar novamente, ainda que Ramos escapasse de todos esses estereótipos. Entretanto, por mais que sondasse os prós e contras em um intrincado jogo de xadrez mental, não consegui encontrar nenhum mal do qual eu não fosse capaz de me livrar, se fosse o caso. Então pensei que viveria, sim, aquele romance com um homem vinte e poucos anos mais jovem que eu.

No começo, usava todo o meu tempo e muito dinheiro para parecer jovem e me embonecar toda para estar ao lado dele. Mas existem tantas pessoas más que fazem questão de escancarar a diferença de idade que depois de um tempo decidi me divertir com essas histórias. Sempre que perguntavam se ele era meu filho, fazia questão de dizer que sim. Em seguida, beijava-o longamente, dava risadinhas, olhares insinuantes. Ramos sempre foi meu aliado em tudo, inclusive nessas peças que gostávamos de pregar nos maledicentes. Ele beijava meu pescoço enquanto eu olhava rindo para as pessoas escandalizadas em volta. Achávamos tão excitantes essas situações que com o tempo eu fazia questão de deixar a diferença de idade aparecer cada vez mais. E ele gostava. Ele gosta de mim por eu ser mais velha. Não queria que eu escondesse, que me envergonhasse por ter envelhecido. Minha querida, é tão maravilhoso depois de 61 anos vivendo sem nem saber direito o que eu era e o que desejava por ter sempre um homem me dizendo o que eu deveria ser, fazer e aparentar, de repente me permitir simplesmente ser, sem nenhum limite.

Desejo tão fortemente que você descubra bem mais cedo que eu as infinitas possibilidades de ser livre. E não é irônico que quem tenha me mostrado esse caminho tenha sido também um homem? Espero tanto que você encontre um Ramos na sua vida como encontrei o meu. Ele é um homem muito culto, vivido, viajado. Um cosmopolita. Tem uma mente aberta, destruidora de qualquer moralismo. Saboreador de todos os gostos da vida. É claro que comigo ele pode saborear muito mais sabores do que saborearia sozinho. Mas nunca em nenhum momento pude acreditar que ele estivesse comigo só por interesse. Disse que não se apaixonou no primeiro instante em que me viu, mas no segundo, quando eu disse em português que não falava português quando ele me perguntou as horas.

Eu só queria ficar sozinha, sem ninguém me aborrecendo. Então ele apareceu com sua pergunta inoportuna. Queria espantá-lo dali, tirá-lo do meu campo de visão sem nem ter reparado em suas feições. E se tivesse reparado, só veria alguém com idade para ser meu filho, e, de fato, minha querida, ele tem a mesma idade de seu pai. Não pensei que ele se apaixonaria, quando lhe disse minha frase malcriada. Mas o bandido sorriu de canto de boca, me chamou de *naugthy girl*, sentou-se em minha mesa sem ser convidado e começou a me dizer o que faria se estivesse sozinho comigo num dos quartos do hotel em frente. Fico até vermelha de escrever essas coisas. Pensei em chamar o garçom pra tirar aquele delinquente do restaurante. Não chamei. Em segundos me dei conta de que eu era absolutamente anônima naquele país, de que não havia ninguém vendo, nem ouvindo, que ninguém saberia e que eu era a única responsável por mim mesma. Então, não me fiz de rogada. Fingi não estar chocada com a crueza das obscenidades que ele me dizia e blefei: você acha mesmo que conseguiria satisfazer uma mulher com a minha experiência? Desafio lançado, deixei o dinheiro da conta sobre a mesa e sem deixar que ele sequer esboçasse qualquer reação, levantei e lhe dei as costas. Atravessei a rua com o andar mais rebolativo que minha lombar permitia e, sem olhar para trás, cheguei ao guichê do hotel. Não sabia, mas sentia que tinha o puxado como um ímã puxa um alfinete. Quando coloquei meu passaporte sobre o balcão, senti a mão dele sobre a minha. Meu plano tinha dado certo e meu coração estava quase saindo pela boca.

Com certeza, minha querida, mulheres da sua geração não têm como avaliar o ato revolucionário que eu estava fazendo ao pedir aquele quarto de hotel. Imagine alguém que nasceu em 1929, enviuvou ainda jovem e nunca mais se envolveu com homem algum a não ser em pensamento com atores de filmes americanos e tenistas famosos ou em pequenos flertes com prestadores de serviço que adentravam a minha casa para fazer algum conserto. Já imaginou, após tanto tempo de abstinência, reiniciar sua vida sexual com um belo e jovem desconhecido, vinte e um anos mais novo!?

O número do quarto era 316. Não vou te dizer o que aconteceu ali. Nenhuma neta precisa saber dos detalhes da vida sexual de sua avó. Ainda que tão sublimes, magistrais, epifânicos. Nunca contei para ninguém, porque, naquele dia, naquele quarto de hotel, enrolada em uma toalha e fumando um cigarro no balcão que dava para o Largo do Chiado, entendi que tinha me descolado do mundo e que viveria uma vida não compreensível para a maioria dos mortais. Uma vida que só poderia dividir com o Ramos, uma pessoa iluminada, fora do mundo como eu, acima das convencionalidades. E agora conto para você, minha querida, alguns pedaços, não todos, para te deixar de herança essa sabedoria de uma mulher que começou a viver depois dos sessenta.

Hoje posso dizer com toda certeza que minha vida foi tão intensa que não faz a menor diferença ter tido um início tardio. Vivi como uma adolescente o que uma adolescente jamais poderia fazer sem o meu dinheiro e a minha experiência. Desde sair de *Les Halles* sem pagar a conta até fazer amor entre as Ninfas de Monet após subornar o porteiro noturno de *L'Orangerie*. Entrar nua na Fontana de Trevi na alta madrugada brincando de Anita Eckberg por incentivo de Ramos, que naquela madrugada me disse que eu nunca mais deveria usar sutiã. E foi ali, com 75 anos, que decidi realizar meu sonho antigo. Joguei meu sutiã da *Dior* como se fosse uma moeda, pedindo aos céus que meus peitos nunca se esparramassem sobre a barriga. E agora, se você já abriu a caixinha, deve estar entendendo aonde quero chegar.

Desde que me casei com Ramos e seu pai me chamou de velha promíscua, prevendo que eu aniquilaria minha fortuna em libertinagem ou entregaria tudo de mão beijada a um cafetão que estava dando um ululante golpe do baú, decidi não mais fingir ignorar todos os desmandos dele. A maneira como sempre me tratou, o modo como abandonou a sua mãe, você e seu irmão e como explorou e explora tantas outras mulheres, como aquela comunistinha que ele enrolou enquanto planejava o casamento com a sua mãe, ou aquela coitada que era secretária dele e até hoje o considera um semideus. Então, assim como meu pai me deixou por anos vivendo com uma quantia irrisória mesmo podendo me cobrir de ouro, fiz questão de fazer o mesmo com seu pai. Não por mesquinharia, mas, diferentemente de mim, Nuno de fato faria loucuras se tivesse muito dinheiro na mão, como já fez quando perdeu tudo e jogou o nome da família e daquela pobre mulher de Brasília na lama. E não foram só loucuras. Seu pai foi mau com muitas pessoas. Foi mau comigo e com você.

Eu deveria te pedir desculpas por ter gerado o seu pai. Paradoxalmente, não fosse por ele, você não existiria. Sinto que, enquanto limito o dinheiro que ele ganha, de alguma forma protejo você, assim como Reia protegeu seu filho do cruel apetite de Cronos, dando-lhe uma pedra para comer.

A monstruosidade de seu pai é alimentada por dinheiro na mesma proporção em que a minha liberdade e de tantas mulheres foi conquistada por ele. Essa revelação causou tanto impacto em mim e no que penso sobre o mundo, sobre as relações entre homens e mulheres, sobre se fazer justiça com as nossas próprias mãos, que decidi doar minha fortuna para uma fundação de proteção às imigrantes afegãs em Portugal. A ideia veio quando eu fazia as minhas unhas e reclamava para a manicure da ingratidão do seu pai. Ela mesma uma imigrante afegã, tinha um ódio visceral por todos os homens, chegou a entorpecer o marido e jogá-lo no poço dos fundos de casa para conseguir fugir daquela vida miserável. Ela via em mim a pessoa que traria a redenção para várias mulheres como ela. Papo vai, papo vem, e eis que a Fundação Carmen Piva de Proteção à Imigrante Afegã será criada assim que eu me for. Todo esse dinheiro que ao longo de pelo menos dois séculos foi usado para dominar e reprimir, finalmente será usado para libertar. Espero que você entenda, minha querida, o simbolismo dessa minha ação. Sei que não deixo você desamparada, afinal será herdeira dos bens de família de sua mãe e do Albuquerque. Herdeira de um dinheiro que seu pai jamais poderá reivindicar. Os meus imóveis de Lisboa e Cascais doei para você com usufruto de Ramos. Quando ele se for, serão seus. Espero que nessa ocasião você tenha sabedoria para lidar com seu irmão.

Por agora, o que quero te deixar mais do que tudo é o que aprendi ao longo desses noventa e um anos. Por isso, o sutiã *Dior* que está na caixinha e a passagem para Roma. Você sabe o que tem que fazer, minha querida. Pense bem antes de pedir. O meu desejo foi realizado.

Te amo e te admiro, Débora
De sua avó,
Carmen Piva

P.S.: Manoela Coutinho, minha secretária, entrará em contato para explicar os detalhes da fundação e o papel que você terá na administração de tudo.

DÉBORA, ENCAMINHO-TE ESTA CARTA EM 23.07.2024 A PEDIDO DE SUA AVÓ AINDA EM VIDA
MEUS CORDIAIS ABRAÇOS E SENTIMENTOS
O. RAMOS

A MOÇA DO RH

Está tudo bem, Grazi. O doutor Luciano só queria saber o motivo de eu ter reprovado o último Papai Noel. Está nervoso com a proximidade do Natal. Talvez tenha gostado particularmente desse, o que de certa forma confirma as minhas intuições sobre o nosso chefe. Passei para ele os resultados dos testes psicológicos. Do Palográfico caótico e do IFP pernóstico. Não falei do G-36. Deu inteligência bem alta. Mas quem precisa de um Papai Noel inteligente? Só quero um que seja simpático e não fique olhando a bunda das mães enquanto está com os filhos delas no colo. Eu nem precisava desses testes para saber que ele não prestava. Quando pedi para descrever um dia comum da sua vida, ele terminou o relato dizendo que adormecia cedo. Me diga, Grazi, quem nesse mundo fala "adormecer"? Por acaso ele é um príncipe consorte? Por mim, teria dispensado o candidato ali mesmo. Fiz os testes só para ter os termos técnicos e provas materiais para o doutor Luciano me levar a sério.

Depois tive a comprovação de tudo na praça de alimentação. Estava tomando o meu capuccino e vi o senhorzinho todo garboso andando com o peito estufado e a cabeça erguida. Com certeza não imaginava que dali a pouco eu mandaria um e-mail recusando a vaga. Parecia um Dom Pedro II. Como se não estivesse com o colarinho totalmente puído e com o sapato mais roto que aqueles de palhaço de circo de periferia. E olhava para as garotinhas de minissaia, Grazi! Um velho daqueles! Com aquela barriga indecente, olhando garotinhas da mesma idade da minha filha. Como não vomitar?

Já tinha desconfiado daquele currículo muito cheio de trololó. Curso de teatro, de brigadista de incêndio, papo pra boi dormir. E imagino que tenha sido exatamente por isso que o doutor Luciano se empolgou tanto com ele. Cai como um pato nesse marketing pessoal de velho escroto. O que confirma novamente a minha tese. Ele nem tenta disfarçar a excitação. Fico com pena da mulher do doutor. Se ela soubesse que duas vezes por semana ele vai religiosamente "almoçar" no edifício Asa. Do jeito que volta cansado e com um sorriso de orelha a orelha, sabemos bem o que o tal restaurante serve. Mas isso não é problema meu. Quero mais é saber do nosso brigadista ruivo. Ele foi eleito pra CIPA, você viu? Agora não pode ser demitido por dois anos. Imagine o quanto vai aprontar. Ele continua te cercando?

Por mim ele passa reto e de cabeça baixa. Fico na dúvida se é medo, vergonha ou respeito. Deveria ser gratidão, porque eu podia ter demitido o infeliz por justa causa depois de ter flagrado aquela cena entre as portas corta-fogo do almoxarifado. E ele que não se folgue muito, porque justa causa dá demissão mesmo pra quem tá na CIPA. Se fosse a Veridiana, teria botado até processo. Ainda mais com a menina sendo menor. Ia fazer 18 anos naquela semana. Talvez tenha sido um adiantamento do presente de aniversário. Quanto veneno, Grazi. Me sinto mal com tudo isso. Eu devia ter tomado alguma providência. Mas paralisei diante dos dois, ela se levantando rápido e passando por mim como uma flecha, ele fechando a calça como se estivesse só corrigindo a postura, erguendo a cabeça e me dando bom dia sem me olhar na cara.

Se eu tivesse colocado a boca no trombone, talvez só a menina fosse prejudicada. E eu ficaria com a fama de tia velha invejosa e moralista. Já o bonitão ia só fazer render ainda mais a sua fama de passador de rodo. O doutor Luciano talvez até promovesse o galã e demitisse a menina. Não por machismo, mas por segundas intenções mesmo. Eu, ele não demitiria. Ele tem medo de mim. Sinto que ele sabe que sei isso que ninguém sabe. Não julgo. Só fico pensando na mulher dele. Coitada.

O resultado, além desse constrangimento todo, é que aquela cena me causou um estrago horroroso. Não tô mais conseguindo fazer aquilo. Como o quê, Grazi?! Aquilo que a menina fez no ruivo! Sério, não consigo. O Augusto tá até estranhando. Tá criando um monte de minhoca na cabeça. E eu gostava tanto. Ou achava que gostava. Esse é o problema. Toda vez que começo, vem essa pergunta: eu quero ou fui convencida a querer? A menina queria mesmo ou estava ali participando de um ritual de passagem para a maioridade? O fato é que daí desconecto, perco o clima, invento uma desculpa e vou jogar Candycrush, o único jeito de parar de pensar. Acho que é o meu castigo por ter empatado os dois naquele dia. Jamais deveria ter aberto aquela porta.

WERNECK

Alô, Oliveira, meu amadinho! Você não vai acreditar! Achei o seu bom velhinho! Sim, ele mesmo! Em péssimas condições, já vou adiantando. Foi por uma coincidência es-pe-ta-cu-lar! Tínhamos colado numa investigação da civil sobre vaquinhas virtuais fraudulentas. A gente estava achando que tinha relação com uma organização criminosa de tráfico de drogas envolvendo só figurões aqui do Paraná. E, além disso, o chefe da operação da civil tem um bíceps, meu amado, de cair o cu da bunda. Então, lá fui eu, toda-toda, acompanhando o mister Bíceps, meter meu pé na porta do teu velhão. Não sabia ainda que era ele. Mas quando olhei aquele homem gigante, com aquela lanugem branca recobrindo aquela barriga de pão de açúcar, não tive dúvidas. E aquela dotação toda? Bem que você tinha falado! Quer ver a foto?

Que morto, que nada. Vivinho da silva. Doidão de ácido. Sei lá por que pelado, Oliveira! Mas deve ser alguma perversão, porque tinha uma câmera filmando tudo. Sim, ele pelado na espreguiçadeira, doidão, ouvindo jazz. Não está mais aqui. O SAMU levou agorinha. Só amanhã pra interrogar o seu *protégé*! Não sei como mandar o vídeo, meu amado. É uma câmera antiga, daquelas enormes de por no ombro, sabe? E depois eu não quero arrumar encrenca com a Pádua. Ela sabe que você está atrás do bom velhinho? Melhor assim, porque não quero me meter entre vocês. Só se for pra formar nosso antigo trisal. Tenho tanta saudade daquele tempo aí em Brasília. Pena que acabaram os treinamentos. E que a Pádua começou a implicar comigo. Implicou, sim, Oliveira. Ela quer ficar com você só pra ela. Se diz toda moderna, desconstruída, mas é monogâmica e careta. Quando era artista e estudava belas artes até podia enganar alguém com esse papinho de é proibido proibir, mas na PF ela se revelou a caga-regra que deve sempre ter sido.

Eu paro de falar mal da sua queridinha se você abrir a câmera para eu dar uma olhadinha no teu peito peludo. Só uma olhadinha vai, bem rapidinho. Daí descubro como mandar o vídeo do papi.

Agora, sim.

Mais pra baixo.

Mais pra baixo.

Só mais um pouquinho.

Agora tira!

Seu chato. Tá bom, vou cumprir a minha promessa! Mas preciso pedir autorização para o Mr. Bíceps. Adoro fazer ele se sentir mais poderoso que eu! Já volto.

Ele deixou. Não me nega nada esse boy.

Vamos ver agora como se mexe nessa geringonça. Sim, tem uma telinha do lado. Botão de play? Achei. Apertei, mas só aparece chuvisco. Como assim voltar? Ah, entendi. Duas flechinhas para esquerda, cadê, cadê, achei. Pronto, apertei.

Acho que voltou tudo. Taqui o play de novo. Ihhh, só chuvisco. Pera um pouco, começou um aúdio. Não aparece nada. Só tem o som mesmo. Vou colocar o celu pertinho pra você ouvir. Escuta:

... não faço pix, nem sei lidar com cardápios virtuais. Quando estava no auge, gostava de ostentar o meu sucesso enchendo a casa com tudo o que havia de mais caro e tecnológico. Fui o primeiro da firma a ter uma tv de 42 polegadas. Tive fax, cd, dvd, blu-ray antes de todo mundo. Tinha um telão automatizado que descia do teto e um projetor de última geração que eu chamava de Bob. Gostava de reunir a turma para um cineclube com curadoria minha. Kubrick, Woody Allen, Scorsese, tudo regado a vinho bom e coquetel de camarão. Só coisa fina, gente bonita, culta, endinheirada. Mulherada vestida de preto, rapaziada de gola alta e calça de veludo cotelê, tudo na pinta. Tinha uma névoa permanente de fumaça e arrogância no ar. Depois que voltei pra

esse apartamento, quando aquele corno de Brasília resolveu me deixar em paz, só pedia comida chique e era um entra e sai que não sei como não me expulsaram do prédio como fizeram com a cafetina do quinto andar. No meu caso, parecia que quanto mais arruaça eu fazia, mais era respeitado no elevador. Mas por que mesmo que estou lembrando disso?

Ah, sim. A carteirinha do plano. Deixei num desses nichos onde ficava o home theater. Cadê? Tive que mandar aquela tralharada toda embora, porque foi quebrando e não tinha mais assistência técnica. Só mantive a tv, o Bob e o telão. O mecanismo quebrou, não recolhe mais. Fica aberto, não tem problema. Eu não ligo. Assisto meus filmes numa boa. Não todo dia, pra economizar a lâmpada do Bob. Toda vez que tem que trocar é uma facada. No dia a dia, alterno entre TV a cabo, Facebook e o zap. Nos meus finais de semana especiais, quando pego meu LSD, deito pelado na minha Le Corbusier, single malt na mão e Miles Davis no talo. Pelado, para meu ego não ficar preso nas fibras da roupa, quando sinto meu corpo derreter feito chocolate no carro. Enfim, é o meu ritual. Eu posso estar falido, mas uma parte do meu INSS vai religiosamente pro single malt. Outra parte, para o plano de saúde e a outra para o resto. É apertado, mas eu me viro. Preciso achar o diacho da carteirinha, porque daqui a pouco o motoboy vai me trazer o pacotinho com a droga e tenho que dar o número do plano.

Opa, preciso mostrar esse trecho para o Mr. Bíceps. Ele acha que o lance da vaquinha não tem nada a ver com o caso das drogas, mas olha aí.

Claro que não é só usuário, Oliveira. Você sempre querendo botar água nas minhas cantadas. Tá com ciúme, é? Tá bom, vou rodar mais um pouco.

Vocês não devem estar entendendo nada. É um programa experimental do plano de saúde. Assim que ofereceram me candidatei. Comecei a tomar os selinhos e vi que a coisa tinha potencial. Eu precisava preencher questionários antes, durante e depois. No começo fiz tudo certinho, depois comecei a inventar. É que parei de tomar para preparar meu grande feito.

Pausa! Vamos ver se esse grande feito é coisa de usuário. Só aguarde queridinho.

Pelo que entendi, o programa é pra camaradas fodidos como eu. Que não têm adesão ao tratamento, eles dizem, tecnicamente. É que depois dos 70, larguei mão. Era tanta doença. Refluxo, perda óssea, hérnia de disco, bexiga hiperativa, hiperplasia de próstata, colesterol alto, circunferência abdominal obscena, pau mole, nome sujo, carro velho. Para cada problema, trocentos remédios, todos me deixavam bro-

xa. Antes mesmo de terminar um tratamento, apareciam três novos troços. Uma avalanche. E os médicos querendo que eu me alimentasse de sementes, fizesse ioga no parque e hidroginástica com um bando de velhas reaças. E ainda tinha que cortar o álcool. Tomá banho.

Fora que o mundo tá muito chato. As pessoas perderam completamente o senso de humor. Não entendo mais os códigos. Já fui um gentleman e hoje sou um velho tarado. Sei que isso tudo não passa de lenga-lenga da terceira idade. E não nasci pra ser um velho clichê. Não nasci nem pra ser velho. Sei que isso também é um clichê. Tão vendo? Não tenho saída.

Em minha defesa gosto de dizer que não sou eu que não me adapto ao mundo, mas o mundo que se perdeu de mim. Um mundo dirigido por acéfalos sem classe e sem cultura. Uns boçais.

Bem, é isso. Queria que tivessem uma explicação pra quando acharem meu corpo. Fica como a minha última canalhice. Era assim que a Marilena se referia ao meu comportamento. Hoje vou tomar todas as doses de LSD que venho acumulando ao longo do ano.

Tá bom, é usuário, já entendi. Mas, ele já não tinha tentado se matar no Palácio do Planalto, Oliveira? Que velho maluco! E fracassou de novo, pobrezinho! Ou talvez seja daqueles que só tentam suicídio pra chamar a atenção. Olha você aí correndo atrás do ex-quase-defunto. Calma, não vou tocar ainda. Tenho uma coisa pra te dizer antes: adoro ter nas minhas mãos tudo o que você quer. Agora, implore para eu tocar. Mais uma vez. Me chama de... Ai, tá bom!

Não lamentem. Quando as suas bolas começam a pesar, não faz mais sentido insistir. Guto, meu filho, a você devo agradecer por toda a generosidade de ter me deixado conhecer a indigência em todo seu esplendor. Débora, minha filha, agradeço do fundo do coração por todas as restrições, censuras e críticas destrutivas, assim como todo seu esforço em fazer eu me sentir um verme inútil. A sua avó foi uma excelente professora. Aproveite sozinha toda a grana que ela abocanhou de meu avô e beba um dry martini de vez em quando em homenagem ao seu velho pai.

Desculpem não ter filmado esse depoimento no celular, mas não confio nessas traquitanas. Além do mais, esta JVC sempre foi meu maior orgulho. Infelizmente não deixarei pra vocês nada além desse vídeo. Meu apartamento há muito que não é meu e só me deixam morar aqui porque não podem me tirar. De resto, vendi tudo que era de valor para sobreviver nesses minguadíssimos últimos meses. Nunca dei nada pra vocês, mas pelo menos não deixo dí-

vidas, e o dinheiro para o funeral está na bandeja de cd do multisystem. Espero que seja suficiente. Não caiam na conversa fiada dos agentes funerários. Não preciso de luxo na morte. Como dizem por aí, desapeguei.

C'est fini, amadinho. Vou desligar agora, porque o Bíceps liberou a caixa de email do papi para eu dar uma olhada. Mando um técnico recuperar a imagem e botar tudo num arquivo pra você, meu bem. Enquanto isso, você devia vir pra cá e dar uma força pro seu Papai Noel. Ele vai ficar arrasadaço quando acordar e perceber que não foi pro inferno ainda.

My place, your place, bonitão. *Always.*

TODAS AS DEMAIS

Suzana Moura	RES: RES: Festa da Selma De: Suzana Moura Para: Nuno Piva Querido, Tudo certo para a viagem de amanhã. Já acertei com a vizinha e ela vai cuidar da Amélie enquanto estivermos fora. É um passo muito grande que estamos dando. Tanto para o Brasil, quanto para a nossa relação. Vai ser a primeira vez que vamos para Brasília como casal, e não como amantes. Isso significa muito para mim. Você me faz muito feliz. Besos Sua Su	27/12/22
viacaocometa.com.br	Voucher de compra de passagem	25/12/22
Senff - cartões	Negocie seu cartão pelo nosso Portal de negociações	24/12/22
voegol.com.br		23/12/22
eQuipe Vakinha	Desempenho semanal da campanha que você criou De: eQuipe VaKinha Para: Nuno Piva Oi, NUNO Acompanhe o desempenho da campanha NATAL DAS CRIANÇAS DA VILA MANFREDO, que você criou em 31/10/2022	23/12/22

Contribuições
27 doações recebidas esta semana

Arrecadação
Foram arrecadados R$ 810,00 no total
esta semana

Total arrecadado
O valor total arrecadado da campanha foi de
R$ 3042,00

viacaocometa.com.br	NUNO PIVA, o seu pagamento foi aprovado	23/12/22
Aviso GOL	Recuperação de senha	22/12/22
Alvaro D'Estephano Jr	Notícias De: Alvaro D'Estephano Jr Para: Nuno Piva Fala Nuno! E aí, guri? Quantas décadas! Como é que vai essa força? Lembrei de você esses dias no jantar de fim de ano do Clube de Criação. Porra cara, que falta você faz! Cambada de gente sem senso de humor. Foi tanta conversa fiada. Uns boçais. Fiquei imaginando como seria se você de repente entrasse por aquela porta. Já pensou? Primeiro imaginei um silêncio geral. Depois um burburinho crescente, até que o Orlando levantasse da cadeira e desse um murro na tua cara. A partir daí, você socava a cara dele com aquela classe de pugilista (você ainda luta, cara?), até desfigurá-lo. Numa outra versão, você entrava, ia direto na direção do Albuquerque e metia a mão na cara dele: esse é pela minha mulher, esse é pela conta do	22/12/22

	BNDS e esse por você ser um salafrário! Quaquaquaquaquá. É de foder, viu. Puta que os pariu. Saudades cara Abraço, álcool e drogas sempre P.S.: Esses dias vi um Papai Noel na esquina da Visconde com a Francisco Rocha. Era a tua cara, só que gordo! Não era você, né? Quaquaquaquaquá	
amazon.com.br	Seja o primeiro a avaliar Palácio do Planalto: entre o cristal e o concreto	21/12/22
Latam airlines	Validação de sua conta LATAM	20/12/22
Suzana Moura	Festa da Selma De: Suzana Moura Para: Nuno Piva Oi, Nuninho! O pessoal adorou que você vai participar da festa. Só não tem lugar no ônibus pra gente. Vamos ter que ir por conta. A gente pode ficar na casa da minha irmã para o réveillon e daí emendamos. Estou tão feliz que você topou!! Besos Sua Su	20/12/22
Norton	Aviso crítico: Atualize sua conta para garantir a renovação da assinatura	10/12/22
PORNHUB	Quentinhas de Natal – abra e surpreenda-se	10/12/22
amazon.com.br	Seu pedido O Suicídio de Getúlio Vargas 1951-1954 foi aprovado	10/12/22

Catho Natal	Que pena! Não foi dessa vez De: Equipe Catho Natal Para: Nuno Piva A equipe Catho Natal agradece a participação de NUNO PIVA no processo seletivo de 30/11/2022. Após criteriosa avaliação, seu perfil foi considerado não condizente com os requisitos da vaga. Mas não desanime. Entraremos em contato assim que encontrarmos a vaga perfeita para você. Até breve!	10/12/22
eQuipe Vakinha	Desempenho semanal da campanha que você criou De: eQuipe VaKinha Para: Nuno Piva Oi, NUNO Acompanhe o desempenho da campanha NATAL DAS CRIANÇAS DA VILA MANFREDO, que você criou em 31/10/2022 Contribuições 18 doações recebidas esta semana Arrecadação Foram arrecadados R$ 540,00 no total esta semana Total arrecadado O valor total arrecadado da campanha foi de R$ 2232,00	09/12/22

Suzana Moura	RES: RES: Que tal um Kapelle qualquer noite dessas De: Suzana Moura Para: Nuno Piva Fechado, Nuninho! As oito lá em casa. Depois Ponto Final Tô louca pra te ver Vou com o body que você me deu Besos Sua Su	30/11/22
Bradesco Prime	RESGATE AGORA SEUS PONTOS LIVELO	29/11/22
Tinder	Someone matched with you on Tinder	29/11/22
Catho Natal	Seu feedback automatizado De: Equipe Catho Natal Para: Nuno Piva Parabéns, NUNO! A equipe Catho Natal agradece o envio do minicurrículo e minibio de Nuno Piva e comunica que seu perfil foi selecionado para a próxima etapa do processo seletivo. Sua entrevista foi marcada para o dia 30 de novembro de 2022, às 14 horas, no setor de Recursos Humanos do Shopping Estação, na Avenida Sete de Setembro, 2775 – Rebouças. MINICURRÍCULO Nuno Piva tem ensino médio completo, trabalhou como auxiliar de almoxarifado, contínuo e assistente administrativo de 1968 a 2010 em escritórios de advocacia e agências de publicidade,	28/11/22

	onde sempre acumulou a função de brigadista de incêndio. Aposentou-se em 2013. Fez diversas oficinas oferecidas pela Fundação Cultural do Paraná, tais como teatro, animação de festas infantis e primeiros socorros. Desde então, apresenta-se em pequenas produções locais e faz parte do projeto Doutores da Alegria. MINIBIO Nuno Piva nasceu em 4 de abril de 1953 em Curitiba, onde terminou o ensino médio e casou-se. Teve dois filhos. Tem dois netos, Analyh e Maycon. Gosta de crianças e do Natal. Tem barba branca natural. Gordo. Fantasia própria.	
ExclusiveSex	Próteses Realistas	28/11/22
Marilena Ortiz Albuquerque	RES: RES: RES: RES: RES: Um último pedido De: Marilena Ortiz Albuquerque Para: Nuno Piva FODA-SE Marilena Ortiz Albuquerque Professeure de Français Membro do conselho educacional do Colégio Nossa Senhora de Sion Diretora Emérita da Associação e Oficinas de Caridade Santa Rita de Cássia	28/11/22
doutoresda alegria.org.br	Palhaços para curiosos	25/11/22
Voude99	Empréstimo pessoal da 99Pay. Aprovação em duas horas e crédito na conta no mesmo dia	24/11/22

Amazon.com. br	Seu pedido Musashi – Box 3 volumes Capa Comum foi aprovado	24/11/22
SingleMalt Brasil	Ballantine's Bourbon Finish por 79,80 levando duas garrafas	22/11/22
LinkedIn	Barros desenvolvimento pessoal e treinamentos OFERECE TREINAMENTO PARA BRIGADISTAS	22/11/22
Suzana Moura	RES: que tal um Kapelle qualquer noite dessas De: Suzana Moura Para: Nuno Piva Oi Sumido, Nem acredito!Depois de tanto tempo... Sabe que fui no Kapelle sábado passado e dei perda total. Um fiasco! Que tal um Ponto Final na sexta, que faz tempo que não vou? O Riad sempre pergunta de você. Você me pega em casa? Besos Sua Su	22/11/22
SingleMalt Brasil	Highland Park 18 anos Viking Pride 10x de 149,80	22/11/22
eQuipe Vakinha	Desempenho semanal da campanha que você criou De: eQuipe VaKinha Para: Nuno Piva Oi, NUNO Acompanhe o desempenho da campanha NATAL DAS CRIANÇAS	22/11/22

DA VILA MANFREDO, que você criou em 31/10/2022
Contribuições
3 doações recebidas esta semana
Arrecadação
Foram arrecadados R$ 130,00 no total esta semana
Total arrecadado
O valor total arrecadado da campanha foi de R$ 509,97

Catho Natal	Seu feedback automatizado – don´t replay	22/11/22

De: Equipe Catho Natal
Para: Nuno Piva

A equipe Catho Natal agradece o envio do minicurrículo e minibio de NUNO PIVA. Seu perfil não corresponde aos requisitos da vaga. Sugerimos a ressubmissão para vagas com outro perfil.

MINICURRÍCULO
Nuno Piva estudou Direito (incompleto), trabalhou na Modus Marketing e Comunicação (1973-1995) e na Seta Soluções Criativas (1996-2010), nas funções de auxiliar de almoxarifado, contínuo e assistente administrativo. Aposentou-se em 2013. Fez diversas oficinas oferecidas pelo Sesc Paraná, tais como teatro, animação de festas infantis e direção de espetáculos mambembes. Desde então, apresenta-se em pequenas produções locais.

MINIBIO
Nuno Piva nasceu em 4 de abril de 1953 em Curitiba, onde concluiu o

	ensino secundário. Em 1974, casou-se. Teve dois filhos. Tem dois netos, Carolina e Bernardo. Gosta de crianças e das tradições natalinas. Experiência com publicidade e teatro. Divorciado. Tem barba branca natural e sobrepeso. Indumentária própria.	
LinkedIn	Bertoldi Mudanças está contratando para o cargo de: AUXILIAR DE ALMOXARIFADO	22/11/22
Marilena Ortiz Albuquerque	RES: RES: RES: Um último pedido De: Marilena Ortiz Albuquerque Para: Nuno Piva Ah, quer saber, Nuno? Sim, eu te corneava com a agência inteira. O Albu foi o único que não me comeu naquela época. O primeiro foi o Raul. Com o Paulo e o Neco foi um ménage, e para o Tales eu dei a bunda pela primeira vez. Sim, a bunda que nunca dei para você. Dei para o Tales e depois para o Décio e enfim para o Orlando. Mas para ele só depois do escândalo, porque nós dois queríamos nos vingar de você. E por isso fodemos em cima da tua mesa, sobre os teus papéis e teus farelos de cocaína. Ah, e o teu amigão, o D'Estephano! Esse enrolei até quando pude, porque ele tinha o teu jeito de falar e isso me dava nojo. Mas quando você desapareceu, covarde, fiz questão que fosse na nossa cama e ele quis usar tudo o que era teu, pijama, chinelos, robe de chambre. Fumou teus charutos e bebeu teu Old Parr. Feliz agora, corno? CORNO! Me agradeça por eu não ter deixado que o Paraná inteiro soubesse que você era	22/11/22

corno. Me agradeça por eu ter passado para o Albu os documentos com todas as contas que você cuidava, o BNDS, o Banestado, a Copel, o Ministério da Saúde. Foi graças unicamente a ele que nossos filhos terminaram o colégio, foram em psicólogos, moraram no exterior. A minha superioridade diante de você é tão grande, que me pergunto por que ainda estou aqui. Só consigo encontrar uma resposta: adoro chutar cachorro morto.

Pare de incomodar a Dedé e o Guto, seu bosta.

Marilena Ortiz Albuquerque
Professeure de Français
Membro do conselho educacional do Colégio Nossa Senhora de Sion
Diretora Emérita da Associação e Oficinas de Caridade Santa Rita de Cássia

Bradesco Prime	Atenção para atualização no valor de sua cesta de serviços PRIME De: Prime Bradesco Para: Nuno Piva Prezado cliente, No dia 02/11/22, seu patrimônio atingiu patamar inferior ao limite necessário para a conta PRIME. Você não perderá os serviços PRIME. Por uma mensalidade de apenas R$75,90, você poderá manter a cesta de serviços. A mensalidade será cobrada automaticamente a partir de 02/12/2022. Qualquer dúvida, entre em contato com seu gerente. Bradesco Prime	20/11/22

Livelo	Lembrete: Queremos te ouvir!	20/11/22
Adulto Vip	Você dirigiria 5 minutos para se encontrar com essa vovó sexy?	20/11/22
theporndude.com	Lista dos Melhores Sites Pornos e de Sexo Grátis	19/11/22
LinkedIn	Nuno, adicione Eduardo Albuquerque 82 conexões em comum	18/11/22
Marilena Ortiz Albuquerque	RES: RES: Um último pedido De: Marilena Ortiz Albuquerque Para: Nuno Piva Tinha me esquecido (graças a Deus) do baixíssimo nível das suas palavras quando bêbado. Sim, você estava bêbado quando me escreveu, não? Ou será que seu sistema nervoso já está tão degradado que mesmo sóbrio não consegue controlar a virulência do seu discurso? Eu bem que queria ter caído na vida como você fez, mas eu tinha filhos para criar e contas para pagar. Nesse período que você grotescamente chama de "baixo meretrício", eu estava batendo na porta do Sion e implorando para as freiras me darem um emprego. Não tenho por que me explicar. Se você quer achar que eu tinha um caso com Albuquerque, com o Orlando ou sei lá mais quem, pode achar. Aliás, morra de curiosidade. E beba mais um pouco, vai te ajudar a pensar. Marilena Ortiz Albuquerque Professeure de Français Membro do conselho educacional do Colégio Nossa Senhora de Sion Diretora Emérita da Associação e Oficinas de Caridade Santa Rita de Cássia	16/11/22

Amazon. com.br	Seja o primeiro a avaliar Cabeza de Vaca de Paulo Markun	16/11/22
LinkedIn	Seu perfil apareceu em 3 pesquisas essa semana	16/11/22
Clube do Malte	Licor Amaro di Angostura garrafa 750ml na PROMO	16/11/22
Evino	Dois Mundos FRETE GRÁTIS + 10 vinhos por R$27,60	16/11/22
Orlando Lousada	RES: Dívida moral De: Orlando Lousada Para: Nuno Piva É você quem me deve seu filho da puta Experimenta botar alguma coisa no teu nome, que eu pego Só não te tirei do apartamento ainda porque a lei não deixa Mas experimenta vender, que eu te rapo Se cair algum dinheiro na tua conta é meu por direito Orlando G. Lousada Diretor Executivo Modus Marketing e Comunicação	16/11/22
Brazzers.com	Premium Adult Entertainment SEMANA DAS MILFS e BIGBOOBS	16/11/22
Pornhub	Quentinhas de Novembro – Abra e surpreenda-se	15/11/22
Evino	Alerta Promo Tintos por R$26 cada no kit	14/22/11
amazon.com.br	Seja o primeiro a avaliar O deserto dos tártaros	14/11/22

Marilena Ortiz Albuquerque

RES: Um último pedido

13/11/22

De: Marilena Ortiz Albuquerque
Para: Nuno Piva

Prezado, Nuno

Qual a necessidade desse contato? Depois desses anos todos, você me pergunta das joias que você me deu e daquelas da sua mãe? Pensei que dada a sua capacidade intelectual você conseguisse deduzir o que foi feito delas. Mas se precisa de mais literalidade, voilà: quando você desapareceu por dois meses e comecei a receber oficiais de justiça na nossa casa confiscando nossos bens, e tive que do dia para noite entender que estávamos falidos e que eu tinha sido abandonada com duas crianças à própria sorte, penhorei essas joias todas e mais as que eu tinha de solteira. Nunca mais fui buscar. Um pouco por vergonha, mas principalmente porque não tinha como pagar. Para quem já tinha ficado com o nome sujo por conta das patifarias do marido, o que era perder umas joias no prego?
Passe bem

Marilena Ortiz Albuquerque
Professeure de Français
Membro do conselho educacional do Colégio Nossa Senhora de Sion
Diretora Emérita da Associação e Oficinas de Caridade Santa Rita de Cássia

Delta Airlines	CONGRATS You've been selected to receive an EXCLUSIVE OFFER	10/11/22
Carlos Augusto Ortiz	RES: Contato De: Carlos Augusto Ortiz Para: Nuno Piva Para o mané do meu pai, congratulações pela cara de pau. Sugiro como solução para o seu problema financeiro, uma viagem no tempo para 1994, antes que vc cheirasse todo o seu patrimônio e se envolvesse em escândalos sexuais com a mulher do político que te pagava propina. Devia ter caprichado mais e comido mulher de traficante, assim já estaria morto e não me aporrinhando pedindo esmola. Segue a tua vida, Nuno, que eu sigo a minha, beleza? Guto Ortiz CEO Yellowstone Brasil	10/11/22
Clube do Malte	Assinatura de Cervejas com GIN CITRA HOP GRÁTIS	12/11/22
Harder and Longer	Any Man Can Last 2,5 Hours In Bed By Doing This	10/11/22
Evino	Vinho a R$1 SÓ HOJE	10/11/22
Senff-Relacionamento	Libere seu cartão para as compras de Natal	10/11/22
Débora Ortiz Cotrim	RES: RES: RES: RES: Um último pedido De: Débora Ortiz Cotrim Para: Nuno Piva	10/11/22

	Pai, cheguei no meu limite. Desculpe. Largo os bets a partir de agora. Fale com o Guto. Não posso mais. P.S.: não vou mais ler tuas mensagens nem aqui, nem no whats, nem no Face. Não adianta me ligar. Dé	
Senff - Relacionamento	Evite inclusão no Serasa do seu cartão	09/11/22
Bradesco Prime	Atenção para atualização no valor de sua cesta de serviços PRIME	09/11/22
PornHub	Why should I hold back with such a sexy neighbor?	09/11/22
Débora Ortiz Cotrim	RES: RES: RES: Um último pedido De: Débora Ortiz Cotrim Para: Nuno Piva Sério pai, que você vai descer tão baixo? Pagar o Santa Maria, sério? Então tenho uma dívida eterna porque você pagou a minha escola? Então se você quer descer o nível, vamos lá. Você pagou a minha escola até a sétima série, quando você arruinou a nossa família e comecei a ter transtorno alimentar, porque eu queria sumir de tanta vergonha de ser a filha do Nuno Piva, de ouvir os colegas cochichando, fungando e dando risadinhas quando eu passava, de eu ter sido impedida de me matricular na oitava série porque tinha seis boletos vencidos e se não fosse o Albu ter casado com a mamãe E quitado as dívidas E ter pago minha educação até o cursinho E me sustentado durante o mestrado E arcado	09/11/22

	com a minha festa de casamento, eu sei lá o que teria me acontecido. E, olha só, ele nunca me cobrou nada, nunca me destratou, ou me xingou, ou ficou dois anos sem me ver! E quanto ao Maurício, não pai, ele não se sente em dívida. Sabe por quê? Porque quando ele foi falar com o presidente da Porto, ele omitiu o fato de que era seu genro. Sabe por quê? Porque ele achou que pegaria muito mal! Então, por educação, ele disse pra você aquela história toda de que você abriu portas. Mas era só pra você ficar feliz. O Maurício está na Porto por mérito próprio e se ele concordou em bancar o teu condomínio esse tempo todo, foi por caridade. Você devia descer do seu pedestal e perceber que você afasta até quem tem algum carinho por você. Quando me livrei do seu sobrenome, achei que nunca mais sofreria por sua causa. Mas você tem uma capacidade incrível de se superar. Parabéns!	
Senff - Relacionamento	Corre que ainda dá tempo	08/11/22
amazon.com.br	Gostando da leitura de Os sete pilares da sabedoria?	08/11/22
SingleMalt Brasil	Buchanan's Master preço especial para assinante	07/11/22

Débora Ortiz Cotrim	RES: RES: Um último pedido De: Débora Ortiz Cotrim Para: Nuno Piva Porra, pai! Vaquinha fake? Você só mandou pra mim ou disparou por aí? Olha, até entendo que você fique chateado comigo, mas veja o meu lado, eu tô fazendo um super giro na minha vida. Ao contrário do que você pensa, não ganhei dinheiro vivo da herança da vovó, não tenho um puto. Tô saindo do meu divórcio com uma pensão ridícula e só por um ano. Se estou me jogando nessa experiência de comandar a Fundação da vovó em Cascais é porque o Albu e a mamãe estão me ajudando. Você quer o que, que eu desvie esse dinheiro pra bancar teu apartamento de luxo? Não vou levar em conta as grosserias que você escreveu, porque sei que quando você explode não tem papas na língua. Pense um pouco no quanto você está sendo injusto. Beijo Dé	07/11/22
Bradesco Prime	Atenção para atualização no valor de sua cesta de serviços PRIME	07/11/22
Cartões Senff	Lembrete acordo – o seu acordo está vencendo nos próximos dias!	07/11/22
LinkedIn	Seu perfil foi visualizado 2 vezes essa semana	06/11/22

eQuipe Vakinha	Desempenho semanal da campanha que você criou De: eQuipe VaKinha Para: Nuno Piva Oi, NUNO Acompanhe o desempenho da campanha NATAL DAS CRIANÇAS DA VILA MANFREDO, que você criou em 31/10/2022 Contribuições 2 doações recebidas esta semana Arrecadação Foram arrecadados R$ 70,00 no total esta semana Total arrecadado O valor total arrecadado da campanha foi de R$ 70,00	06/11/22
amazon.com.br	Pedido enviado: Os sete pilares da sabedoria	02/11/22
Panvel	Sinvastatina em promoção urgente	02/11/22
Débora Ortiz Cotrim	RES: Um último pedido De: Débora Ortiz Cotrim Para: Nuno Piva Pai, foi bom você ter escrito. Já estava há um tempo querendo escrever. Eu e o Maurício estamos nos separando. Depois que a vovó morreu e eu quis me mudar para Cascais com a Carol e o Ber, não nos acertamos mais. Então, por isso, não vou poder te ajudar agora e também terei que parar de pagar	02/11/22

seu condomínio. Consigo pagar mais dois meses, só para não te deixar na mão. Espero que entenda. Era o Maurício que pagava e, como você deve imaginar, as coisas não estão fáceis entre a gente. Ele está tentando dificultar a minha ida pra Cascais. Não quer que eu leve as crianças. E acho que já é hora de pensar em se mudar daí. Ficar pagando as despesas de um apartamento de 300m2 no Cabral, com essa taxa de condomínio! Se você vender, vai poder comprar um apê legal, gastar menos e ainda investir o restante para ter um conforto, poder viajar, comprar suas coisas.
Bem, me enrolei pra falar, porque estava com medo da sua reação. Mas, enfim, é essa a situação.

Beijo
Dé

Catho Natal	Seu feedback automatizado – don´t replay	02/11/22
	De: Equipe Catho Natal Para: Nuno Piva A equipe Catho Natal agradece o envio do minicurrículo e minibio de Nuno de Amaral Piva. Seu perfil não corresponde aos requisitos da vaga. Sugerimos a ressubmissão para vagas com outro perfil. MINICURRÍCULO Nuno de Amaral Piva é formado em Direito pela Universidade Federal do Paraná (1977). Tem pós-graduação	

em Comunicação e Marketing pela PUC-PR (1986). Trabalhou na Modus Marketing e Comunicação (1973-1995), nas funções de copydesk, assistente de redação júnior, assistente de redação pleno, diretor de criação, sócio-gerente e presidente de honra. Em 1996, fundou a Seta Soluções Criativas, que dirigiu até 2010. Desde então, ocupa-se de projetos pessoais relacionados a arte e produção cultural.

MINIBIO

Nuno de Amaral Piva nasceu em 4 de abril de 1953 em Curitiba. Concluiu o ensino secundário no Colégio Santa Maria. Concluiu o bacharelado em Direito na UFPR, mas sempre trabalhou com publicidade. Em 1974, casou-se com Marilena Ortiz, com quem teve dois filhos, Débora e Carlos Augusto. Tem dois netos, Carolina e Bernardo. Gosta de crianças e das tradições natalinas. Divorciado. Biotipo apropriado para a vaga. Indumentária própria.

O DIAGNÓSTICO

Carla 12:33
Boa tarde Marilena
Vc deve saber quem eu sou

Marilena 18:12
Boa noite. Sim.

Carla 18:13
Preciso conversar com você
Pessoalmente

Marilena 21:10
Veja bem, menina. Acho que não é necessário, não é mesmo?

Carla 21:13
Meu nome é Carla, ok?

O que tenho pra dizer deveria ser dito pessoalmente

Ontem na festa do consulado
tentei arranjar uma ocasião para conversarmos sobre isso
não consegui

Tenho tentado já faz tempo, mas você parece se recusar
estou absurdamente angustiada
conforme o tempo passa

vou falar por aqui mesmo

Carla 21:24
O Albu está com um câncer muito agressivo e decidiu
não se tratar
porque não quer contar para você e para sua filha

Achei que seria justo você saber
mesmo que ele me odeie por isso
Como somos as duas pessoas mais próximas dele
acredito que juntas possamos convencê-lo a mudar de
ideia

A MOÇA DA LOJA DE FANTASIAS

O cu, amiga, eu só dou cobrando. Até pra namorado firme. O Sidney pegou empréstimo no Sicredi e todo mês que pagava a parcela ficava me enchendo o saco que eu devia dar o cu de novo. Mas sou firme. Se quiser, tem que pagar. O Raul, mão de vaca, recusava. Vinha com discurso de faculdade, esses papos de capitalismo, o diabo a quatro. Resumo da ópera: queria que eu desse de graça. Comigo não tem essa. O Wagner tentava me enrolar com papinho de amor. Me amava tanto, que quando falei que ia continuar cobrando depois de casada, desistiu do noivado. Palhaço.

Dar para os clientes da loja é mais tranquilo. Eles entram, experimentam a fantasia, eu ajudo com os paranauês, vou esfregando minha bunda de antílope giratório – como diria meu saudoso tio Jairo – e no apertadinho do provador passo o preço da fantasia com o valor do cu já embutido. Eles pagam sem nem saber que estão pagando. E voltam todo ano. Carnaval e halloween.

Eu sei, amiga, no teu caso é diferente. Você só tem o cu pra dar. Além disso, não julgo ninguém. Só acho foda todo o dindim que a gente gasta se montando. É unha, depilação, botox, roupa nova, uber. E você ainda tem seus hormônios. Fora o tempo pra tudo isso. Eu cobro, cobro mesmo. O que não quer dizer que de vez em quando eu não faça uma caridade. Mas sempre com uma economia criativa: cobro mais de um pra dar de graça pro outro. Uma espécie de Robin Wood anal. Apesar de nem sempre eu dar de graça para quem não tem grana. Tem mais a ver com não querer misturar as finanças na hora da foda, sabe. Como com o tal Papai Noel. Ele tinha alguma coisa que me fisgou.

O que eu contei pros seus colegas foi o seguinte. Ele veio aqui e pediu a fantasia de Papai Noel. Vi pela barriga que precisava ser GG. Fui buscar no estoque e quando voltei ele estava na frente do espelho com o coldre do Woody do *Toy story* brincando de tirar a arma do cinto e fazendo pose de duelo de velho oeste. Ele me viu pelo espelho e eu larguei a fantasia e ergui as mãos. Pode levar o que quiser, disse fingindo medo. Ele riu com o olhar. Traga isso aqui, ele disse, ainda encarnado no papel de cowboy. Obedeci. Ele girou o revólver no dedo, sentou--se no puff e falou "me ajude", como se eu fosse uma escrava da família. Estendeu os braços pra cima pra que eu tirasse sua blusa. Tirei. Ele tinha aquela estranha qualidade, que já observei em algumas pessoas, de fazer o outro se sentir bem em servir. Ajudei a tirar os sapatos, a calça e a botar a fantasia. Ele perguntou o preço. Perguntou quanto era sem a barba. Pagou em dinheiro e foi embora, deixando as roupas dele aqui. Ainda fui até a porta para chamá-lo, mas ele não me ouviu e seguiu em frente.

O que não contei e, pelamordedeus, que fique entre nós, é que ele não me pagou nada. Ocorre que quando terminei de vesti-lo, ele ficou por um bom tempo se olhando no espelho em silêncio. Aliás ele falou pouquíssimo o tempo todo em que esteve na loja. Quando falava, eram sempre perguntas ou ordens. Ainda assim, parecia simpático e cordial. Ele mexeu comigo. Sim, era gordo, flácido, com aquela barba enorme e amarelada, aquela careca brilhante cercada por um cabelo oleoso preso em uma maçaroca na nuca, um cheiro de mausoléu abandonado. Até agora não consegui entender o que me deu. O fato é que ele ficou uns cinco minutos em silêncio, não estou brincando. Eu mesma, tagarela que sou, não ousei falar nada. Era como se estivéssemos em um ritual sagrado. Aliás, achei muito estranho que ninguém tenha entrado na loja enquanto ele esteve ali. Numa sexta à tarde ainda. Inimaginável. A sensação era de que o tempo tinha parado. Então vi os olhos dele marejarem e isso quebrou as minhas pernas. Um homem daquele tamanho, daquela idade, com aquela imponência toda. Mexeu comigo, mexeu mesmo.

Parece que enxerguei a essência dele, sabe. E ele percebeu. Venha aqui, ele mandou. Me olhou fundo na alma, passou o dedo indicador pelo meu cabelo, me puxou pra ele, me abraçou e me beijou a testa. Acariciou meu rosto com a mão esquerda e com a mão direita fechou o cortinado do provador. A última coisa que ouvi foi o som metálico das argolas correndo no trilho. Depois disso, o que aconteceu, amiga, não é do tipo de coisa que possa ser contada. Não, não adianta, se eu contar vai estragar a experiência que tive, vai diminuir, vai encolher, não tem como. Amiga, pode parar. Não tenho palavras, não existem palavras. A única coisa que posso te dizer é que naquela tarde, naquele provador e diante daquele espelho, entendi pela primeira vez o que era o amor.

Não ria. É a coisa mais séria que já me aconteceu. Te juro que não sou mais a mesma pessoa, depois que o barulho da cortina se abrindo meio que me despertou daquele transe. Ele perguntou se eu estava bem e eu só sorri. Ele me beijou a testa novamente, colocou o gorro de Papai Noel que tinha caído, deu uma última olhada de cowboy no espelho e seguiu em direção à porta. Espere, eu disse. Fui correndo pegar um cartão da loja e no verso escrevi

Coloquei no bolso do paletó e ele seguiu seu caminho. Nunca imaginei que seus colegas achariam que eu era uma traficante de drogas. Eles desencanaram mesmo? Não tenho dormido direito desde que vieram aqui com aquelas perguntas todas. Obrigada, amiga, por ter me defendido sem eu nem ter contado a história toda. Mas também, eu traficante, nada mais absurdo. Só se fosse tráfico de Avon.

Mas, voltando àquele dia, fechei a loja e fiquei lá dentro até de noitinha. Me agarrei nas roupas dele que ficaram jogadas no chão junto com a barba postiça que ele não quis levar. Enfiei a cara e fiquei cheirando o suor dele. Sim, estão comigo até hoje. Nem lavei. Ali no chão, pensei que não precisava de mais nada. Pode parecer meio deprê, mas acho que nunca vou sentir nada igual. O amor que senti ali me preencheu pela vida toda. Sim, continuo com meus rolês e vendendo as minhas fantasias com um *plus* a mais. Só que quando ouço o barulhinho das argolas no trilho do provador, menina, só existe lugar na minha cabeça para mim e para meu velho e doce Papai Noel.

O DISCURSO

Aos Prezados

Presidente da Câmara Municipal da Freguesia de Cascais e Estoril,

Superintendente do Ministério Público da comarca,

Autoridade de Saúde Pública de Cascais,

Responsável pelo Instituto do Emprego e Formação Profissional,

Representante dos estabelecimentos de ensino público do município,

Representante das estruturas integrantes da rede nacional de apoio às vítimas de violência, demais autoridades e todos e todas aqui presentes

To fuck, faire foutre, farti fottere, joder. Não me levem a mal. É só uma expressão em diferentes línguas que derivam do latim *futuere* e que significa "fazer sexo". Façam sexo. É isso que "foda-se" quer dizer. Mas não apenas. Se fosse só isso, não usaríamos a expressão nos contextos em que geralmente a usamos. Usaríamos para saudar noivos, para agradecer pessoas queridas, para desejar boa viagem. Entretanto, usamos a expressão geralmente em contextos agressivos no sentido de *vá se ferrar*. Traduzindo em bom português, *foda-se* quer dizer *seja a parte que sofre no sexo*. Essa parte, a que sofre, é a que é penetrada. Seja uma mulher, seja um homem de orientação homossexual com preferências passivas. Portanto, de acordo com a masculinidade clássica, entende-se que a outra parte no sexo cabe a alguém que sofre, que se dá mal, que se fode. Não é de admirar que na maior parte dos filmes pornográficos, a mulher aparenta estar passando por terrível tormento e muito provavelmente esteja de fato. Ou que, por tantos anos, tenha se patologizado a mulher que gosta de sexo. Furor uterino, ninfomania, promiscuidade, são nomes normalmente aplicados a mulheres que não caíram na conversa masculina de que sexo é algo ruim para elas. O que nos faz concluir que no imaginário masculino ser mulher ou gay é uma coisa horrorosa, que não se deseja para ninguém, a não ser quando se quer o mal de uma pessoa.

O curioso é que quanto mais ignominiosa for a existência feminina, mais sensacional se torna a existência masculina. Por essa razão, é parte estruturante de um mundo feito por homens para homens, que a ignomínia, a menos valia e a inferioridade femininas sejam sempre cultivadas. Então, aquilo que parece ruim à primeira vista, se torna um valor a ser desenvolvido. Ou seja, quanto mais inapta, dependente e submissa for a mulher, mais virtuosa ela o é para a sociedade. E quanto mais independente, produtiva e questionadora for a mulher, mais nefasta, doente e indesejável ela se torna socialmente.

Interpretando as expressões faciais de vocês, percebo que devo explicar agora por que, ao inaugurar uma fundação que pretende resgatar, proteger e empoderar mulheres afegãs, inicio assim meu discurso, relembrando essa peculiar e onipresente fórmula linguística com tantos significados e preconceitos embutidos. Justamente porque a crença masculina estruturante de que ser homem é bom e ser mulher é ruim tem sido alimentada diariamente em cada lugar desse vasto planeta desde que o antropoceno começou a deixar sua marca na Terra. E podemos dizer que, em certos lugares, como é o caso do Afeganistão, o cultivo do desvalor feminino chega a extremos intoleráveis. Um indicador disso é a taxa de suicídio. Em todo o mundo, mulheres tentam mais suicídio do que os homens. Porém, são eles que concretizam o ato com mais frequência devido a letalidade maior do método escolhido. Enquanto mulheres mais frequentemente adotam estratégias menos letais de suicídio como a ingestão de agentes tóxicos, homens usam armas de fogo, forca ou atiram-se do alto de edifícios. Desde 15 de agosto de 2021, no Afeganistão, essa regra se inverteu. Mulheres suicidam-se mais do que homens. De acordo com a Organização Mundial de Saúde, oitenta por cento das pessoas que tiram a própria vida no Afeganistão são mulheres.

Sinto um certo alívio na plateia quando levamos o tema da menos-valia feminina para o Afeganistão. Uma concordância sobre algo, que aparentemente não nos diz respeito e podemos colocar no grande saco de gato das mazelas do mundo. Cabe a nós apenas lamentar. Porém, nesse ponto, devo decepcioná-los e dizer que estamos todos presos nesse mesmo saco. Embora tenhamos nesse país um extremo da opressão feminina, a fórmula disseminada pelo mundo é a mesma. Para homens serem homens, as mulheres precisam ser dominadas. A única coisa que muda são os requintes, a forma, a agressividade, a extensão. E é justamente isso que liga a minha avó, Carmen de Amaral Piva, bem nascida e bem criada em uma família rica do Brasil, às mulheres afegãs impedidas de serem alfabetizadas: ela, elas, nós somos todas cativas. Simone de Beauvoir em seu *Segundo sexo* nos explica que somos o Outro absoluto, em oposição ao que os homens são, referenciadas por eles, à espera da própria definição.

Uma vez relegadas ao outro polo da existência, qualquer esforço para sair desse lugar nos torna criminosas. Não esqueçamos da jovem medieval Anne de Manteaux. No século XIV, após o estupro e assassinato cruel de uma jovem por um padre que dizia estar tirando um demônio daquele corpo, Anne convenceu todas as mulheres do vilarejo a fugirem, deixando seus pais, filhos e maridos, alegando a vulnerabilidade feminina ao assédio de demônios, reproduzindo o argumento do padre e se autoimputando a incapacidade de ter e criar filhos. *Se somos demoníacas, criem vocês as crianças, cuidem vocês dos velhos e de si mesmos.* Foi morta a pedradas, não sem antes mastigar um punhado de pedras que lhe destruíram os dentes. Percebendo o modo como vocês reagiram, pergunto-me se esse horror estampado em suas faces e em seus balbucios diz respeito ao fato de homens se sentirem autorizados a obrigar mulheres a mastigar pedras ou se ao fato de eu vir aqui, em uma bela manhã de sol, descrever uma imagem tão desagradável a ponto de vocês sentirem nos nervos dos dentes um arrepio desconcertante. Ou será que só as mulheres sentiram isso?

De forma mais branda, cada uma das fugitivas recebeu o devido castigo quando chegou em casa. Então, me pergunto se não estamos todas a mastigar pedras. Vocês já se perguntaram se conseguiriam abrir mão de todos os cuidados que assumiram como inevitáveis? Qual castigo receberiam se saíssem de férias sozinhas, sem arranjar uma gama gigantesca de providências, sentindo-se absolutamente impossibilitadas de simplesmente desligar o celular?

E aqui temos mais uma das características aceitas como naturais pelos homens ao nos definirem: somos cuidadoras natas. Aliás, somos só isso. Vocês já se perguntaram por que os homens urinam em pé? Ou por que os homens negligenciam a própria saúde? A resposta é a mesma para ambas as perguntas: porque eles presumem que sempre haverá uma mulher para cuidar de seus corpos e limpar suas imundícies. Trata-se de uma mulher invisível, uma mulher conceitual, essa que limpa, que cuida, que arruma e se ocupa de coisas invisíveis e, claro, não remunerada. Mas em algum momento nos foi perguntado se queríamos esse papel?

Alguém inventou esse disparate de tendência natural para o cuidado. Algum Rousseau, algum Hobbes, algum Adam Smith ou coisa que o valha. Até hoje, temos sistemas inteiros baseados nessas opiniões parciais de homens brancos eurocentrados, que, ao verem as organizações sociais dos povos originários, tiraram as conclusões que quiseram e chamaram-nas de “naturais”. A partir desses sistemas, edificaram tudo o que existe e estamos aqui em pleno 2023 vivendo um mundo orientado por valores criados por especulações de homens de três ou quatro séculos atrás, seus contratos sociais enviesados, suas mãos invisíveis e invisibilizadoras, e outras perversões desprovidas de qualquer evidência antropológica. Voamos, transmitimos informação para outras galáxias, decodificamos genomas, mas ainda nos pautamos em valores constituídos por homens de longínquos séculos. Não vou aqui nem entrar no tema dos valores religiosos construídos por homens de mais de vinte séculos atrás e que levam cotidianamente à putrefação da nossa sociedade.

Ah, vejo homens aqui incomodados, revirando-se na poltrona, olhando o celular para desmerecer a minha fala, cruzando e descruzando as pernas sem, em nenhum momento, empatizar com a infinidade de mulheres que presumiram cuidadoras, limpadoras e/ou meretrizes, desde as suas mães até as mulheres que foderam. Olha, vejam só, o Presidente da Câmara Municipal se levanta, sentindo-se ultrajado, e por quem? Por uma mulher tresloucada, por uma brasileira ignorante, uma colona depravada, desbocada, vulgar. Pois lhe digo, sr. Presidente, a sua opinião sobre mim é irrelevante. A sua presença aqui é irrelevante. E tudo aquilo que você pensa assim como toda a sua existência na superfície desse planeta é completamente irrelevante para o que faremos nesta comarca e nesse país.

Se dificultarem nossa presença aqui com velada patifaria disfarçada de burocracia infernal, não se preocupem, fundaremos nossa empresa em um hd externo guardado em algum deserto do mundo ou algum paraíso fiscal. Usaremos das próprias estratégias desse capitalismo podre que vocês criaram para nos livrarmos de qualquer forma de repressão, coação ou coerção.

Ironicamente, esse mundo construído por homens sedentos por poder criou esse tipo sub-reptício de poder feminino: mulheres consumidoras ricas conscientes. Tragam policiais e trarei minha advogada, tragam-me impostos e trarei minha contadora, tragam um maldito deus e lhes trarei grandiosas ateias para apaziguar o fanatismo e a ignorância.

Viemos trazer a peste. E não se enganem. Somos uma peste necessária. Assim como o meteoro que trouxe o fim dos excessos jurássicos, viemos limpar a Terra de toda a sujeira acumulada. Incentivaremos, contrataremos e pagaremos condignamente apenas mulheres e de preferência aquelas que deixarem seus filhos com os maridos. Apenas quando os homens entenderem o que é cuidar, conseguiremos salvar o mundo. Vocês podem achar utópico. Mas só acham utópico porque é uma mulher falando. Esse tempo todo aceitaram sem questionar o lugar que o homem determinou para o segundo sexo. O que conseguiremos persistindo nesse modelo? A destruição da espécie e a renovação do planeta terra sem esse vírus chamado humanidade? Talvez seja uma boa opção. Mas, antes, tentaremos sobreviver do nosso modo.

Dar as condições para que esse plano seja colocado em ação, foi o grande feito de minha avó, Carmen de Amaral Piva, que dá nome à Fundação que hoje inauguramos. Ela descobriu, ao se libertar pelo dinheiro, que poderia libertar outras mulheres da mesma forma. Sabia, não obstante, que seu ato mais revolucionário não seria simplesmente o de financiar uma instituição de proteção às mulheres. Nós não precisamos de ajuda, nós precisamos de mudança. E por isso minha avó foi tão genial: ela está dando para essas mulheres o dinheiro que está negando para seu próprio filho, para seu neto, para seu marido e deixando em minhas mãos a administração do seu legado. Sabia que seria apedrejada por seu filho, por seus irmãos, por meu irmão, por muitos de vocês. Por quantos e por quantas. Mas, diferentemente de Anne de Manteaux, ela não tinha o que temer. Ela não se preocupou com os efeitos deletérios de seu ato, porque já estaria morta quando fosse consumado. Sabia que tais efeitos recairiam sobre mim e por isso me preparou. Receberá as primeiras pedradas dos mais próximos, ela me advertiu. E foi o que recebi de meu marido, meu irmão e meu pai quando anunciei que viria para Portugal sozinha, realizar o que considerava ser o grande trabalho da minha vida. Deixei meus filhos para que meu marido cuidasse. É o que faria se meu agora ex-marido tivesse recebido uma maravilhosa oportunidade de trabalho. Eu cuidaria de tudo. Nenhum homem perderia uma grande oportunidade de realização profissional por causa da família. Eles, inclusive, o fariam pelo bem da família. Também o faço com a diferença que receberei pedradas por todos os lados. Rompi com todos os homens que romperam comigo por eu não ter contestado a herança ou dividido com eles a parte que me coube: meu pai, meu irmão e meu marido. Posso dizer depois de seis meses dessa grande crise familiar que me sinto muitíssimo aliviada.

Minha avó, supostamente, abandonou um filho. E eu abandonei um pai. Se ele não sobreviver às próprias custas, a culpa não será nossa. A culpa é de quem o fez acreditar que sempre haveria uma mulher para lhe cuidar. Pois que venham as pedras. Com elas construiremos um novo modelo de se posicionar no mundo. Um modelo que não olha para trás e segue em frente.

A essas mulheres que hoje tanto precisam de nós, mostraremos esse caminho. Traremos todas elas e suas filhas até que não sobre mais nenhuma mulher naquelas terras. Que os habitantes que ali restarem se exterminem sozinhos como uma espécie não apta a se reproduzir deve perecer.

19:18

Mamy, é só esse tipo de coisa que sai quando começo a escrever esse maldito discurso. Me imagino brigando com meia Cascais, a polícia entrando para me prender, radicais islamitas vindo cortar a minha cabeça com uma adaga sem fio. As próprias afegãs me xingando e voltando pro Afeganistão com medo de mim. Você acha que tem alguma coisa que dá para salvar?

19:19

Desculpe, minha filha. Mande para a Natália. Ela vai te ajudar mais do que eu. Não estou com cabeça para ler.

19:25

O que foi?
19:28

Mensagem apagada
19:30

???
19:32

Refizemos os exames e o diagnóstico do Albu foi confirmado.
19:42

Ok, mãe. Estou voltando
19:43

CARLA, 34

7 km de distância, ativa há 14 dias

Procuro boy de esquerda, que não seja palestrinha, para um rolê de final de semana. Que responda mensagens e consiga manter uma conversação ao vivo por pelo menos meia hora. Que faça perguntas e não fique falando de si o tempo todo. Que não tenha hiperfoco em música, futebol, games ou academia. Que goste de sexo, mas que não seja obcecado por penetração. Capaz de pagar as próprias contas e escolher a própria comida/roupa. Sem tattoo tribal ou realista. Visu lenhador, sem chance. Desejável ter hábitos de higiene consagrados pelo processo civilizatório. Alfabetizado.

Interesses

Tattoos, cinema escandinavo, répteis, armas brancas, toxinas orgânicas, bdsm

AMÉLIE

Gilda, quando você capta o meu pensamento, você entende só o que quero falar para você ou tudo o que se passa na minha cabeça? Eu também só capto o que você quer falar para mim, mas ouço um ruído agudo no fundo, um iiiiiiiiiiiiiiiii e me pergunto se esse é o barulho oficial do pensamento das pulgas ou se é só o seu pensamento que faz esse som. O meu faz barulho de gente falando embaixo d'água? Essa é boa! Você por acaso já ouviu gente falando embaixo d'água? Ora, não se pode confiar nos sons que se ouvem nos filmes. Por exemplo, você já ouviu o barulho de vampiros mordendo o pescoço de suas vítimas nos filmes de Hollywood? Parece alguém dando uma dentada numa maçã. Até imagino o estagiário do sonoplasta mordendo a maçã, enquanto o técnico captura o som com aquela parafernália peluda. Não, não. Nada a ver. E posso dizer com conhecimento de causa. Quando eu era o que se chama de animal irracional, dei muita dentada em pele humana. Pele, músculo, gordura, tendão, artéria. Nunca fez barulho de maçã mordida.

Não gosto muito de lembrar dessa época, mas tudo bem, vai, era um barulho, deixa eu ver, um barulho, hummmm, um barulho que não é crocante. Na real, não faz som nenhum, é mais como uma sensação. É como comer um bombom de morango, sabe, você rompe a camada de chocolate que é firme, mas não crocante. Em seguida vem uma coisa cremosa, a gordura. Depois a parte suculenta do morango. Só que carne humana não é doce. Parece muito com frango. É só levemente adocicada e, às vezes, completamente amarga. Não, nunca comi bombom de morango. Mas a Suzana adorava. Ela gostava de comer um bombom de morango de uma confeitaria específica, perto da agência de publicidade em que ela trabalhava. E daí trazia para casa e comia na minha frente descrevendo cada detalhe. *Pena que você não pode comer doce, Porco, se pudesse ia sentir essa maravilha. Hoje o creminho está especial, devem ter apurado mais no fogo, ficou com notas de doce de leite. Hoje a cobertura de chocolate está finíssima, uma película, um crème brûlée.* Já os morangos dificilmente estavam à altura do resto. Ou porque estavam verdes, ou porque eram amargos, ou porque tinham agrotóxicos. *Custa comprar um morango orgânico, Porco! Que mesquinharia dessa gente.* Ela nunca deu bola para o fato de eu não responder às suas perguntas, e agora me pergunto: será que ela ouvia os meus pensamentos? Talvez ouvisse, porque sempre que comprava morangos orgânicos me jogava um. *Isso é que é morango de verdade, Porco. Esses você pode comer. São doces, mas não têm açúcar.* Parece que ouvia as minhas perguntas. Bem, nunca vou saber. Mas voltando ao tema, Gilda, você não tem ideia do que seja esmagar um morango orgânico bem maduro contra o céu da boca.

Sim, lembro. Lembro exatamente o gosto da carne do meu primeiro dono. Era amarga e dura, terrível. Talvez estivesse contaminada pelo ódio de ter sido mordido e ameaçado de morte por uma cadela. Ou era só a quantidade abusiva de anabolizantes que aquele celerado tomava. Ou as duas coisas juntas. Ele devia achar que eu tinha alguma gratidão por ele ter me batizado com nome de macho e me treinado para ser um cão assassino. *Não tem pitbull fêmea, pitbull é tudo macho* disse com a boca cheia olhando para os peitos da veterinária. E eu nem sou um pitbull. Só pareço um pitbull, talvez tenha um fiapo de DNA. Mas para o infeliz, bastava eu parecer um pitbull para ser um e, porque eu era um, então era macho. E, nessa lógica, ele quase avançou sobre a veterinária quando ela sugeriu uma castração. *Venha, Porco, vamos embora daqui antes que te transformem num maricas.*

Não gosto de falar disso, já te falei. Já fui tanta coisa que não sou e até hoje me sinto presa em um corpo que não parece meu. Que sadismo o seu ficar perguntando sobre o passado. Como você acha que uma cadela sem raça definida se torna um pitbull assassino? Não foi recebendo afagos na barriga, pode ter certeza. Chega, não quero falar mais disso.

Esses dias eu estava pensando naquela pergunta que você me fez. Aquela sobre o dito-cujo ter sobrevivido. Tem me angustiado demais. O fato é que simplesmente não sei se deixei ele viver ou se errei o alvo. Na hora da raiva, mirei a artéria femoral, mas acertei outra parte. Não sou uma anatomista, ora bolas. O fato de ter visto várias horas corridas de Discovery Health não me capacita necessariamente a achar uma artéria. Na minha cabeça, acho que a peguei de raspão, porque jorrou sangue por tudo. A Suzana tentou limpar em vão. O Yeti teve que passar três mãos de tinta para apagar a presença daquele traste das paredes da casa. E mesmo tendo perdido tanto sangue, o desgraçado não morreu. Como qual Yeti, Gilda?! Meu deus do céu, toda vez que falo nele tenho que explicar quem é. Você parece viver em um estado semidemencial!

Gilda. Gildaaa. Desculpa, vai. Eu fui grossa, eu sei. Às vezes brota uma fúria animal nas minhas veias. Não vou me justificar. Agi mal. Imagino que a cognição das pulgas seja diferente da dos cachorros. Vi um documentário sobre polvos uma vez. Eles são inteligentíssimos, mas de um jeito totalmente diferente do nosso. Vai ver é isso. Sou tão burra que não consigo entender a sua inteligência. Olha só, o Yeti era o amante da Suzana, lembra? Não lembra, claro. E da Suzana? E do traste? E de como deixei de ser uma cadela assassina? Vamos lá, tudo de novo...

Sabe, às vezes penso que a melhor coisa que aconteceu na minha vida foi você ter aparecido para finalmente eu conseguir conversar com alguém, ainda que telepaticamente. Às vezes acho que foi a pior coisa, talvez um castigo por eu ter atacado meu próprio dono. Uma vez vi um filme com o Depardieu e o Roman Polanski. São atores, você não conhece, não importa. O Depardieu chegava a uma espécie de delegacia em uma noite de chuva. O Polanski começava a lhe fazer perguntas que ficavam cada vez mais íntimas, não parecendo que eram perguntas de um delegado. No final, é revelado que o Depardieu tinha morrido, não ficava claro se aquele lugar era um limbo, o inferno, ou um purgatório. Mas ele precisava ficar repetindo e lembrando as coisas do passado para finalmente concluir que estava morto. Se eu estiver morta, Gilda, e você for a agente do purgatório, por favor me diga de uma vez. Está bem, você me convenceu. Mortos não têm coceira. Ou será que têm?

Se morri ou não morri, quero dizer que não me arrependo de nada e você é minha testemunha, por mais que vá esquecer tudo o que te disser agora. Essa luta entre instinto e escolha que os humanos tanto discutem, se eles soubessem o que é ser um cachorro veriam que a questão é muito mais complicada. Porque até que fincasse os dentes na carne podre do traste, eu era puro instinto. Por mais que odiasse aqueles gritos, choques e pauladas, eu tinha uma verdadeira devoção pelo meu dono e, por isso, não suporto a ideia de voltar a ser o que eu era. Não era algo pensado, elaborado como faço hoje. Era só ação. Eu fazia e pronto. Se alguém chegasse perto dele eu atacava, se ele chegasse perto de mim, eu abanava o rabinho. Com a Suzana também. A mulher dele, lembra? Abanava o rabinho pra ela e a defendia. Só que quando o traste vinha pra cima dela, eu entrava em curto-circuito, não sabia quem eu protegia e quem eu atacava. Paralisava e ali começou um mal-estar, um enjoo, que hoje entendo o que era. Era culpa. Culpa de deixar que ele fizesse aquilo com ela.

A culpa se transformou em raiva e a raiva se transformou num desejo absoluto de vingança. Hoje sei nomear todas essas coisas. Mas na época era só um sentimento de angústia. Só a Suzana me tirava desse torpor quando me tratava como a fêmea vira-lata que sou. Pensando retrospectivamente, acho que tínhamos um pacto de sermos uma na frente do traste, e quem realmente éramos quando estávamos só nós duas. Ela fazia cócegas na minha barriga, carinho no meu papo, me dava banho e dizia que queria me perfumar e me enfeitar toda, mas se o coisa ruim sequer desconfiasse, ela estaria morta. Então ela fingia, passando pompons sem talco no meu pescoço, colocando lacinhos imaginários no meu cocuruto, até batom na minha boca e esmalte na minha unha ela fingia passar. Eram tardes divertidas interrompidas pela presença odiosa daquele imbecil. Daí voltava a angústia, o mal-estar, o ódio.

Um dia essa equação se resolveu da melhor forma possível. A Suzana pediu para eu guardar um segredo: receberia um homem à tarde. *Por favor, Porco, não vai fazer nada, não quero ter que te prender.* Em seguida, vinha cheia de dedos: *Olha Porco, só por garantia, vou te prender na coleira, se você se comportar, nas próximas vezes não te prendo mais.* E foi assim apenas na primeira vez, pois logo que vi aquele homem entrando, alto, robusto, coberto de pelos brancos, cabelo branco, barba branca, um conjunto harmônico de pelos parecendo um Yeti, a sua presença silenciou meus instintos de ataque e fiquei quietinha, no meu canto, só vendo aqueles dois de namorico, um namorico que foi da sala para o quarto e fiquei morta de raiva quando eles fecharam a porta. Nas vezes seguintes, nunca mais coleira, nem portas fechadas. Era só ele chegar que eu ficava toda saltitante, abanando o rabinho e sapateando com as patas da frente como uma adolescente em dia de festa. Ele me fazia carinho, trazia linguiça calabresa e gostava de dar comandos. *Senta, rola, morto, de pé.* Eu adorava obedecer. Enfim, esse é o Yeti. Lembrou, Gilda? E a parte que mais gosto de repetir para você quando conto essa história é aquela em que a angústia virou prazer assim que a vingança se realizou. O traste seria para sempre o corno e eu acobertaria o quanto pudesse essa relação da Suzana com o Yeti. Não vou dizer que só por vingança, mas também era prazeroso para mim quando ele aparecia trazendo presentes, carinho e risadas.

Passado tanto tempo, me pergunto quem eu seria hoje, se essa situação tivesse se mantido. Será que me satisfaria com esse arranjo, ou uma hora seria insuficiente e eu precisaria de uma vingança maior? Acho que cedo ou tarde precisaria matá-lo. Tendo a achar que quando a culpa começou a me corroer, se instalou ali um germe de humanidade que deu início ao processo que enfim me fez começar a pensar. Será que os humanos adquiriram linguagem porque um primeiro ancestral sentiu culpa e chegou a uma situação limite como eu? Será que se eu tivesse filhotes, passaria essa habilidade para eles? Não, não posso ter filhotes, Gilda. A Suzana mandou me castrar depois que o Yeti terminou com ela. Era inimiga da vida na época. Dizia que ninguém merecia esse fardo, nem bebês, nem filhotes. Sim, isso foi depois que escorracei o canalha. Você lembra, Gilda, da primeira palavra que pensei e que foi o gatilho para eu avançar contra o energúmeno? Claro que não. Vou te dar esse desafio, de lembrar qual foi essa palavra.

Pistas, uhmm, deixa eu ver. Foi no dia em que o traste foi demitido. Em uma bela tarde de inverno. Chegou cabisbaixo sem fazer barulho. Lembrou? Como do que, Gilda, da palavra!! Mais uma pista? Está bem. Quando senti o seu cheiro de desodorante barato fiquei aflitíssima. A Suzana e o Yeti estavam, bem, você sabe, na cama, fazendo coisas. Sim, eu gostava de sentir os odores, de ouvir os ruídos. Gosto de cheirar os humanos copulando. Um cheiro forte, característico. Nas primeiras vezes, é uma coisa espetacular, é como nos filmes, com a vantagem de demorar mais. Um caleidoscópio de mãos, línguas, pernas e perversidades sussurradas no pé do ouvido. Depois de um tempo, a coisa fica normal, como é com os cachorros. Pragmatismo. Isso acontece mais ou menos ali, quando acabam os presentes. Continua sendo bonito de sentir. Um pouco mais triste, porque eu também deixei de ganhar minhas calabresas. Tcharan!!!! Lembrou?

Não acredito! Mais pistas? Vamos lá, então. Por fim, quando o cheiro do traste entrou no meu focinho, subi com as patas dianteiras na cama, lati, grunhi, uivei até, mas os dois estavam mais atracados que cachorros cruzando e daí então, você já sabe. Ele viu tudo. Qual é a palavra? Tá bom, mas é a última dica. Suzana pediu calma, explicaria tudo depois. O Yeti foi se vestindo ao mesmo tempo que dizia vamos conversar. Conversar o caralho, gritava o traste. Apontou o dedo para Suzana: com você me acerto depois, vagabunda. Vou te matar, avançou para o Yeti que se posicionou como karateca e já ia pra cima dele. Nessa hora, meu corpo colapsou, uma pane. Parte dos meus instintos treinados para proteger meu dono foram fortemente acionados e eu já ia pra cima do Yeti, quando uma força, uma espécie de magnetismo que começou na minha cabeça e se espalhou depois pelo corpo, me envenenou todo como carne com bola, e senti uma dor fina que percorreu minha espinha até finalmente sair pelo rabo. Foi aí então que comecei a pensar! E sabe qual a primeira palavra que pensei? Lembrou?

Gildinha, Gildinha, já não tenho mais esperanças de você reter alguma informação. Você é como uma daquelas câmeras antigas que só captavam e transmitiam a cena, mas não gravavam nada. Calabresa foi a palavra. Calabresa! Eu repetia na minha cabeça, calabresa, calabresa, calabresa e quando dei por mim, os dois estavam rolando no chão e senti pela primeira vez com toda a minha potência um ódio tão grande por aquele ser, que nada em mim segurava aquele ódio, todo meu treinamento perdeu o efeito e fui direto morder a coxa dele, premeditadamente, querendo mesmo atingir a artéria femoral e ver ele morrer sangrando como um porco, aquele desgraçado, corno, ignorante. Desculpe meu palavreado, mas quando me lembro de tudo o que ele me fez, não consigo evitar. Ele não acreditou que eu estava fazendo aquilo. Por um momento deve ter pensado que eu tinha errado o alvo. Tentando aplacar o sangue que banhava a parede, gritou desesperado. *Não em mim, Porco, vai no cara!* E qual não foi a surpresa do infeliz quando me viu rosnando pra ele com todos os dentes da boca pra fora, babando milhares de mililitros de saliva envenenada no chão! Corri com ele dali deixando um rastro de sangue. No dia em que ele foi buscar as trouxas dele, a Suzana teve que me prender no canil e levar as malas para ele na rua.

E aqui que o problema dos instintos se coloca e fico louca de não saber se algo dentro de mim protegeu o desgraçado, mesmo sem eu querer. Desconfio desse corpo canino com seus hormônios e neurotransmissores que me impedem de ser totalmente humana e matar quem eu quiser. Humanos matam pai, mãe, até filhos. Os que já tiveram donos, matavam eles também. Provavelmente, morrerei com essa frustação. Não consigo saber o quanto sou capaz de superar os meus instintos. O meu maior sonho, Gilda, é encontrar aquele desgraçado de novo na minha frente e resolver esse problema filosófico de uma vez por todas. Não sou bobona que nem a Suzana que até dinheiro emprestou para o crápula depois. Pagava para ver ele longe. Ficou muito melhor sem ele. Você tem ideia do que é tirar um peso desses de casa? Vivemos dias fantásticos, sem grosserias, sem mau humor, sem gritos, sem greves de silêncio quando ele estava putinho, era assim que ela dizia, e principalmente, sem futebol. Saíamos sempre juntas, até para o trabalho ela me levava. E descobri que o Yeti era chefe dela. Era dono de uma agência de publicidade bem caidinha. Depois soube que a Suzana trabalhava de graça pra ele, por dó, porque ele já tinha sido dono de uma graaaande agência e era muuuuuito rico e perdeu tudo por causa de uma pilantragem que uma grã-fina fez com ele. E ela ficou com tanta pena que dava uma força sem cobrar nada. Eu também faria isso por ele. De certa forma fiz, porque ia sempre junto com ela. Lá eles fingiam que não tinham nada, mesmo só tendo uns dois estagiários além deles. Ela o chamava de doutor e ele a chamava de dona Suzana. Eu morria de rir daquela palhaçada.

Se eu também tenho culpa por ter abandonado a Suzana? Que pergunta é essa, Gilda? Não abandonei a Suzana, a história não é simples assim. Vou ter que contar de novo? Estou começando a achar que esse seu suposto esquecimento é na verdade um método para me fazer repetir a mesma história diversas vezes. É algum tipo de terapia? Além do que você só me suga e não dá nada em retribuição. Nunca me conta nada, só responde com evasivas, com não sei, com não lembro. Não lembra da época de pupa, não lembra da época de larva, não conta de quando copulou porque é muito íntimo, não consegue descrever como é botar um ovo e não me diz quanto tempo vai viver. Não me deixou assistir o programa de pulgas do Animal Planet porque se sentiria muito exposta e o escambau. Que cacete, viu!? E qual barulho faz quando você finca seu estilete em minha pele? É barulho de mordida em maçã? Pelo menos isso você pode me contar? Não sabe, claro.

Então não fique aí julgando como se você fosse o ser mais puro e ilibado da face da Terra. Você nunca teve que tomar uma decisão difícil na vida? Pois eu já, diversas. E essas decisões são difíceis justamente porque sempre implicam sacrifícios. Para se ter uma coisa é necessário perder outra. Então chegou uma hora que o Yeti terminou com a Suzana e eu não sei o porquê. Ela foi se desmantelando. Só queria saber de dormir e fumar. Foi perdendo a alegria, e eu também. Até que ela caiu de cama. A TV ficava ligada 24 horas por dia. Tudo o que sei aprendi naquela época. Discovery Chanel, National Geografic, Animal Planet. Uma vizinha começou a cuidar de mim e a levou para uma igreja. Ela melhorou, mas acabou virando uma pessoa desagradável. De repente, começou a odiar todo mundo que não era da tal igreja. E xingava quem não se comportava como ela, não se vestia como ela, até atriz de novela ela chamava de vagabunda. Percebi que ela devia estar enlouquecendo quando armou um auê no bairro porque descobriu que uma moradora da rua de baixo estava traindo o marido. E daí ninguém mais prestava, quem bebia, quem vestia saia curta, quem tirava a sobrancelha, homem que gosta de homem, mulher que gosta de mulher. Ela até me levou na igreja em um dia de batismo de animais e mudou meu nome para Amélie. Essa foi a única parte boa dessa fase da Suzana. *Onde já se viu uma cachorra com nome de macho.* E falava alto macho é macho, fêmea é fêmea e eu sinceramente, que não me sentia mais presa a ninguém, pensei em ir embora várias vezes. Mas ir para onde? Viver do quê? Além disso, tinha gratidão por ela. Decidi ficar.

Foi só vários anos depois que o Yeti reapareceu do nada. Mais envelhecido, mais gordo e mais peludo. A barba comprida juntava com os pelos do peito. Estava em sua forma final. Impecável. Suzana e eu retomamos nosso brilho, nossa vontade de viver. Ela recuperou a doçura. Mesmo assim, comecei a sentir um medo muito grande de que ele sumisse de novo e que tudo voltasse ao que era. Então fiz um plano. *Da próxima vez que ele vier, vou com ele*. E ele veio várias vezes e nunca tive coragem. Até que um dia esperei a Suzana entrar em casa e quando o Yeti virou a esquina, comecei a farejar seu rastro. Um cheiro de suor fresco, misturado com roupa lavada sem amaciante. Como era boa aquela sensação de vida nova, de aventura, de instinto mandando outra vez. Ele andou, andou muito. Suava, mas não diminuía o ritmo. Foi até o centro da cidade e eu atrás. Em um dado momento, entrou em uma loja de fantasias. Esperei a uma certa distância. Saiu de lá todo vestido de Papai Noel. Imagine, naquele calor! Estava maluco? Continuei seguindo seu cheiro. Ele andou mais um bom tanto até chegar em um bairro chique.

Chegando lá, parou na frente de uma confeitaria e ficou muito tempo diante da vitrine com os olhos vidrados. Não sei se estava com fome olhando para os doces expostos ou para seu reflexo no vidro. Só sei que num dado momento, como quem resolve finalmente pular em uma piscina gelada, deu meia volta e foi para a esquina. Olhou para o semáforo fechado, inspirou lenta e longamente e antes mesmo de soltar aquele ar todo, pela primeira vez ouvi o seu pensamento: *Não, eu não te perdoo, mãe.* Ao mesmo tempo que expirou, pisou na rua em direção ao primeiro carro parado. Ele falou algo para o motorista que só depois fui saber o que era: *uma ajuda para o Natal dos fissurados labiopalatais.* Não tenho a menor ideia do que se trata. De qualquer forma, o Yeti era um tipo de gênio, porque eram poucos os motoristas que não punham uma moeda naquela mão. Até notas ganhou. Quando o sinal abriu, voltou para a calçada e se sentou em uma caixa de luz. Secou um pouco do suor em sua testa e contou o dinheiro que colocou no bolso. Embora fosse uma quantidade volumosa de moedas e notas, ao final da contagem pareceu estar decepcionado. Olhou um bom tempo para uma pedra específica da calçada como se ela fosse lhe dar uma resposta ou sugá-lo para uma outra dimensão. Nessa hora, sim, eu vi. Uma lágrima descolou do seu rosto e caiu exatamente naquela pedra. Ouvi novamente seu pensamento. *Esse fracasso dedico a você, mãe. Obrigado por tudo.* Ele pisou na lágrima deslizando seu pé para lá e para cá, até que ela desaparecesse evaporada na pedra. Deu uma bela fungada e olhou para mim que estava chegando pertinho. *Porco, não acredito, venha aqui meu amigo.* E eu deixei ele me chamar assim.

Nessa época, o Yeti ia para o apartamento dele, tomava banho, trocava de roupa e me levava de volta pra casa da Suzana. Fazíamos essa rotina dia sim, dia não. Por um bom tempo. Foi só depois que eles fizeram uma viagem e me deixaram com a vizinha que as coisas mudaram. Quando voltaram, senti que estavam com um peso que não carregavam antes. Ele vestia um gorro de Papai Noel e suava muito, porque foi um janeiro quentíssimo. *Por segurança, é melhor não nos vermos por um tempo*, ele falou para ela, que concordou prontamente. Para mim, aquele foi um sinal de concordância dela com a minha partida também. Então, fiz a minha cabeça definitivamente. Uma decisão difícil, mas pesando bem todos os lados, achei justo que após todos esses anos eu seguisse o caminho que eu quisesse. Agora alternamos entre dias no apartamento vendo tv e dias na rua na mais completa vadiagem.

Não foi muito depois disso que você me parasitou com seu interrogatório diário. Você é uma vampira, na verdade. Agora que me dei conta. Uma vampira sem dentes, mas ainda assim uma vampira. Além de sugar meu sangue, fica sugando as minhas histórias. Quer sugar tudo de mim. Essa deve ser a sua única forma de se relacionar com o mundo, sugando. Trata-se de um problema estrutural. Mesmo se você tentar mudar não vai conseguir. Nós mamíferos nascemos sugando, é verdade. Deve ser aquele fiapinho de dna de pulga que carregamos. Mas depois paramos de sugar e fazemos outra coisa da vida. Já para vocês, sugar é a única forma de sobreviver. Só continuo essa conversa porque você é minha única ouvinte. Uma vez o Yeti disse para Suzana que depois de passar muito tempo no exterior, qualquer brasileiro que você encontre por lá passa a ser interessante. Você começa a se afeiçoar por pessoas que aqui você acharia absolutamente boçais. Ele vivia usando essa palavra, boçal. Servia para praticamente tudo. Se o cara era chato, se era burro, se era metido, se era inconveniente, se era feio, se tinha mau gosto ou mau hálito. Se cumprimentava com a mão mole. Se começasse uma frase por "como diria o poeta". Era uma lista interminável de defeitos. Você na minha vida é esse brasileiro que se encontra depois de estar muito tempo no exterior. Só te aguento, porque é única. Se eu tivesse pelo menos uma opção, pode ter certeza de que eu dava uma patada certeira e acabava com esse iiiiiiiiiiiii.

A AMIGA DA NAMORADA DO GUTO

Amiga, a gente tinha um pacto, lembra? Se uma percebesse que a outra estava sendo feita de idiota, tinha obrigação de contar. Chegou a hora, Liddy. Não tem como um cara verdadeiramente gostar de você se ele diz que não consegue ter tesão por mulher que não seja puta. Não duvido que seja verdade a parte do tesão só por puta. Já tive vários clientes assim, que tinham verdadeiro terror de serem abordados pelas próprias namoradas ou esposas e que só conseguiam trepar com elas imaginando um *gangbang* de loiras dentro de um Porsche no salão do automóvel. Mas daí querer que você continue fazendo programa, mesmo namorando com ele e dando 10% do que você ganha? O nome disso não é namorado. O nome disso é cafetão. Pronto falei.

Liddy, me poupe. Se poupe. Pelamordedeus! Dízimo? Ele chama de dízimo? É uma quantia irrisória pra ele, que é um filhinho de papai brincando de CEO de agência de publicidade. Para nós, é dinheiro suado, cliente pós cliente, programa pós programa. É o dinheiro pra nossa facul, pros nossos rolês e você tá pagando dízimo pra esse verme. Pior, você tá trepando de graça. Pior, você tá pagando pra trepar. Ainda fica desfilando de namorada gostosa ao lado dele sem ganhar nada. Daqui a pouco ele vai te oferecer para os clientes dele, ele fecha o negócio, fica com toda a grana e você ainda paga o tal dízimo pra ele.

Como é que é? Ele já te ofereceu num iate no Paranoá? Minha santa paciência, Liddy. Você não está sendo feita de idiota, a situação é muito mais grave. Você sofreu uma lavagem cerebral, uma lobotomia, sei lá. Como você não vê o absurdo que é essa sua relação com ele? Você ganhou alguma coisa com essa suruba lacustre? Ah, networking. Foi exatamente o que imaginei.

Liddy, amiga, presta bem atenção. Você não está conseguindo ver, porque está apaixonada, porque nunca imaginou que teria um namorado assim gato, riquinho, se dizendo louco por você. Ele se aproveita dessa sua autoestima baixa de quem veio da Ceilândia pra contar essa historinha de que o pai maluco cheirou toda a grana da família, se meteu em escândalo e deixou todo mundo na miséria. Rico nunca deixa de ser rico, Liddy. Se ele tivesse ficado na miséria, não estaria hoje onde está, morando no Plano Piloto, almoçando no *Taypá* dia sim, dia não. Ele não tem a menor noção do que seja miséria e deve estar rindo da tua cara por você acreditar que o pai destruiu a vida dele e que ele é sozinho no mundo e que não consegue namorar e que precisa de um voto de confiança e que vocês vão ter uma relação que ninguém tem e que vocês estão criando uma nova forma de amar e que ninguém tem nada a ver com isso. Ele diz isso pra te manter na mão dele.

Tudo bem, o pai dele pode ser um escroto. Eu acredito. Me parece inclusive bem razoável que um cara escroto como esse tenha um pai escroto também. Talvez um dia até comprovem que a escrotidão é uma característica herdada geneticamente. Foda-se. Você não tem que pagar o pato. Ele que faça uma terapia pra resolver os trauminhas dele ao invés de fazer você pagar dez por cento de tudo o que você ganha para ele confiar em você. Quanta baboseira, Liddy. Você ouviu o que você acabou de me dizer? Vou repetir pra ver se cai alguma ficha: ele só tem tesão por puta, porque não consegue confiar em ninguém, mas para confiar em você, que ele quer que seja puta, você precisa pagá-lo. Percebe o golpe?

Desisto, então, Liddy. É muito pra mim, sabe. Cansei de ver você sendo tão otária. Me faz mal. Prefiro que a gente nem se fale mais. É sério. Quando esse cretino te puser pra fora do apartamento dele, a gente volta a se falar. Mas não venha chorar pitanga, tá? Primeiro você se reergue, depois a gente volta a ser amiga. E, por favor, quando isso acontecer, não vamos mais tocar no assunto. Não quero fazer você se sentir humilhada. Ele disse que todas as suas amigas iriam te abandonar? Realmente, o cara é um gênio do marketing. Boa sorte.

DISCURSO VERSÃO 2

Estamos aqui reunidos hoje para lançar a pedra inaugural de um projeto social idealizado por minha avó, a senhora Carmen de Amaral Piva, morta em meados de 2022, vítima como tantas outras da pandemia de Covid. Na ocasião, com 93 anos, minha avó já pressentia a proximidade da morte, independentemente das notícias que ouvia sobre uma nova doença que se alastrava pelo mundo arrancando o ar e a vida primordialmente de idosos e idosas. Alguns anos antes, atormentada pelos sinais irreversíveis da proximidade da morte, minha avó se ocupou de profundas reflexões sobre a vida que estava por acabar.

O psicanalista Erik Erikson, ao determinar as dicotomias de cada um dos oito estágios que postulou como balizadores do desenvolvimento humano, escolheu integridade versus desespero como o par definidor da última fase da vida. Ou seja, na última etapa do desenvolvimento pessoal, o ser humano experimenta ora a sensação de integridade ao olhar para trás e identificar realizações, ora o desespero ao dar-se conta de que não é possível mais realizar o que quer que seja. Qualquer adulto experimenta essa sensação de desespero ocasionalmente, por exemplo, quando percebe que em determinada altura da vida não poderá mais se tornar um pianista ou um ginasta de prestígio. Não obstante, com trinta ou quarenta anos, ainda há muito o que fazer, muitos lugares para ir, pessoas para conhecer, habilidades a serem desenvolvidas, até mesmo mudar de profissão. Mas aos noventa e tantos anos, presumivelmente, não é possível iniciar mais nada. A isso se atribui o desespero: quando até uma toalhinha de crochê pode permanecer inacabada.

Gabriel García Márquez, em seu *Cem anos de solidão*, descreve o desespero e a consequente sanha realizadora diante da morte vindoura. Os irmãos Aureliano e Amaranta Buendía, ao pressentirem o chamado da morte, dedicam-se obsessivamente à realização de seus últimos feitos. Ele, manufaturando peixinhos de ouro. Ela, bordando sua própria mortalha. Com certeza, Carmen Piva jamais empunhou uma agulha de crochê em toda a sua vida, nem era versada em qualquer arte manual que a predispusesse à produção em série de itens pré-morte. Gostava de dizer que a partir dos quarenta anos se assumiu como mulher não prendada com orgulho, coisa que antes escondia e disfarçava como uma doença contagiosa.

É possível dizer que minha avó subverteu os tais balizadores de Erikson, uma vez que, como muitas mulheres de sua geração, ou até mesmo da atualidade, não tinha modos de encontrar realização em sua juventude e vida adulta, para além daquelas jogadas em seu colo à revelia: casamento, maternidade, vida doméstica e submissão. Uma vez me confidenciou que só começou a viver quando seu pai morreu e lhe deixou uma herança. Ela já tinha mais de sessenta anos e a partir de então viveu livre e intensamente todas as vontades reprimidas por uma sociedade que insiste em dizer como as mulheres devem se portar. Até mesmo na véspera de seu último suspiro, não se conformou em ceder ao desespero da inatividade e decidiu que faria algo capaz de subverter a ordem. Sim, seria essa a sua grande obra. Dedicar-se à subversão.

Iniciaria subvertendo a própria ideia de que a morte seja um fim, tornando-a um começo. Se a proximidade da morte impede inícios, então um novo começo postergaria a sua morte. E como um matemático que encontra uma solução elegante para um problema complexo, substituindo páginas de equações por uma linha de símbolos claros e inequívocos, em um gesto simples minha avó resolveu um problema familiar complexo, um problema social complexo e um problema histórico maior ainda. Ela escreveu um testamento.

Ao escrevê-lo, Carmen Piva não aceitou a lei das sucessões, segundo a qual seu patrimônio seria dividido entre seu marido, filho e netos, a saber, meu irmão e eu. Ela destinou a quase totalidade de seus bens à criação de uma fundação sob minha responsabilidade e aqui estou, assim como seu viúvo, Otávio Ramos, aqui presente. Meu pai, Nuno Piva e meu irmão, Carlos Augusto Piva não se encontram no recinto. Nesse momento, buscam formas de anular o testamento. Alegam insanidade, demência senil, coerção do marido. O mesmo que foi chamado de vigarista, golpista e corruptor de idosas quando se casou com uma mulher vinte e cinco anos mais velha e milionária. Por que é tão fácil chamar de loucura, incapacidade ou ignorância os atos de uma mulher?

Quase um ano antes de morrer, minha avó sentiu um mal-estar insuportável ao ver uma cena no telejornal. Uma multidão de homens correndo em uma pista de aeroporto, tentando subir da maneira que fosse possível em um avião em plena decolagem. Após levantar voo, três corpos despencaram lá de cima. De início, achou que sua angústia se devia aos corpos em queda. Em seguida, concluiu que a cena toda era desesperadora. Ainda assim, algo restava inexplicado. Por seu hábito de deixar a tevê ligada em canais de notícias, viu e reviu aquela cena que reprisava a exaustão. Até que chegando mais perto da tela, colocando seus óculos de leitura e dedicando-se a observar quem eram aqueles fugitivos, num estalo percebeu algo que não conseguiria mais suportar.

Não havia ali mulher nenhuma.

Foram homens que chocaram aviões contra edifícios em Nova Iorque, foram homens que ocuparam o Afeganistão, foram homens que vinte anos depois se retiraram desse país da pior forma possível, foram homens que tentaram a todo custo decolar em Cabul, fugindo dos homens que tomaram o poder e prometiam o caos. Existe exemplo maior de loucura?

O que aconteceria com as mulheres deixadas à própria sorte em um país dominado por talibãs? Sabemos bem. Seriam impedidas de trabalhar, de estudar, de sair à rua ou viajar sem a tutela de um homem. Corpos cobertos à mercê de seres insanos.

E o que pode haver em comum entre essas mulheres largadas, enclausuradas, esquecidas, submetidas, torturadas, humilhadas e Carmen Piva, mulher rica, estudada, nascida e criada no Brasil, cercada de conforto, privilégios e regalias? Carmen Piva, que após pensar em uma mulher afegã hipotética, cujo marido, pai e filho abandonaram-na aos tigres, para subir a qualquer preço na asa de um avião e despencar lá de cima, não pode mais pensar em morrer sem uma realização, sem seu crochê, seus peixinhos de ouro, sua mortalha que jamais seria uma burca. Porque apesar das incomensuráveis diferenças, há algo que as une, a algo que nos une e que não se poderia mais ignorar. Na versão dos homens, somos o supérfluo ao passo que eles são o essencial, as vidas que devem ser salvas em caso de caos.

Lembro-me sempre com horror da cena em que os maridos em *Ensaio sobre a cegueira*, de José Saramago, entregam suas esposas ao estupro, para que o essencial se mantivesse preservado.

Em uma situação extrema, não fariam a mesma coisa todos os homens do mundo?

Citando Simone de Beauvoir, em *O segundo sexo*, "O homem é o Sujeito, o Absoluto; a mulher é o Outro (...) Não é o Outro que, se definindo, como Outro define o Um; ele é posto como Outro pelo Um definindo-se como Um. Mas para que o Outro não se transforme no Um é preciso que se sujeite a esse ponto de vista alheio". Explico. Em toda dualidade existe um relativismo. Por exemplo, se dividirmos as pessoas nessa sala entre estrangeiros e nativos, os nativos serão estrangeiros sempre que saírem das fronteiras de Portugal. Os estrangeiros serão nativos assim que voltarem para seus países. O um e o outro são intercambiáveis, são relativos a determinados contextos. Mas a distinção homem/mulher é absoluta, não importa o contexto seremos sempre a outra parte, o segundo sexo, aquelas que serão jogadas às feras enquanto o primeiro sexo ganha tempo para fugir.

Mesmo sem ter contato com as reflexões feministas, minha avó simplesmente se identificou com a mulher afegã e sua vida determinada por homens que a viam como uma existência de segunda linha. Por ter experimentado a liberdade que o poder financeiro lhe proporcionou, entendeu que em hipótese alguma deveria deixar seu patrimônio nas mãos de homens, ainda que seu filho, ainda que seu neto, ainda que seu marido. Antes de morrer, disse para mim, olhando em meus olhos: tire todas as mulheres de lá, não poupe esforços, nem recursos, não deixe nenhuma para trás e que a barbárie tome conta daquele território e faça extinguir toda aquela geração de homens.

Farei todo o possível, vó, começando por assinar a ata de fundação da Fundação Carmen Piva de Proteção à Imigrante Afegã.

02:47

Dá uma lida agora, Nati. Fiz de tudo pra tirar o tom agressivo e a lavação de roupa suja familiar (não totalmente). Tentei manter o tom mais formal, acrescentei referências
02:48

Oi, Dé. Gostei. Faz parecer que a sua avó realmente se importava com as afegãs. Rsrsrs. Acho importante você citar as feministas afegãs, começando pela Meena Keshwar Kamal e seu papel no RAWA. O final ainda está agressivo demais. Pra que provocar os fundamentalistas?
06:51

Mas a Fundação já é uma provocação. Não tem como evitar
06:52

Eu sei, mas ainda assim, acho muito forte e preferiria que você não se expusesse tanto assim
08:15

Gosto quando você cuida de mim, sabia?
08:16

Cuido como a sua mãe cuidaria.
08:45

Não é uma mãe que eu quero
08:45

O que você quer?
10:23

Quero que você participe da inauguração
e fique uns dias comigo em Portugal
10: 31

Já sabe quando vai ser?
11:32

Não sei ainda. Tive que adiar. O Albu, vc sabe,
né? Estou voltando para o Brasil, não sei quando
conseguirei vir novamente
11: 33

A sua mãe me falou rapidamente. É grave?
11:34

Sim, muito
12: 45

Como você está?
12:52

Triste. Apavorada
13: 50

E a Marilena?
13:50

MARIA TERESA

Tá tudo bem, *cariño*. Sei dirigir bêbada. Vou bem devagarzinho, olhando todas as placas e semáforos que surgem entre as idas e vindas do limpador de para-brisa. O mais desafiador foi arrancar o carro nos paralelepípedos molhados da tua rua inclinada. E eu consegui. Mesmo nesse estado. Então, relaxe. Dou conta do recado. Não, os outros não são um problema. Nessa cidade, nessa data, nesse horário, além de nós, só existem fantasmas. Gente na rua, só depois do meio-dia.

O pior que pode me acontecer é ser atacada por uma horda de zumbis. Mas se sobrevivi aos olhares da tua mulher, zumbi nenhum me assusta. Fiquei pensando se ela ter ido fantasiada de Lady Di era um recado para nós. Ainda bem que de Camilla Parker Bowles eu não tenho nada. Engraçadinho! Não me atinge, não. Minha autoestima está calcada em grossos pilares.

Está bem, vou ficar falando com você até chegar em casa. Se eu bater o carro num poste, a culpa será sua. Estou cometendo duas infrações simultâneas, só para vossa alteza ficar tranquila. Você vai acabar me matando com as tuas inquietações. Ah, não comece. Eu não tinha como saber que ele iria de Marco Antônio. E essa minha fantasia de Cleópatra é um clássico dos carnavais. Sim, senhor, de quando desfilei na Sapucaí. Vila Isabel, 2011. Inesquecível.

Não dei corda, *cariño*. Se dei, foi só um pouquinho. Até para despistar tua mulher. Por falar nisso, veja se ela não tá aí perto ouvindo a nossa conversa. Não tô mudando de assunto. Fomos fumar lá fora e só. Se tivesse acontecido alguma coisa, te falaria. Como falei das outras vezes. Daí você fica todo chorãozinho, porque falei. Então não insiste.

Vou ter que retomar essa conversa pelo jeito. Sim, você odeia quando falo da minha liberdade. Então de quem é o problema? Meu não é. Não me casei, não tive filhos, e não fiz pacto com deus nenhum. Se eu quiser passar a noite com Marco Antônio, Júlio César, Nero ou Calígula, eu passo. Até te dou o direito de saber, se você quiser. Mas só conto se você pedir. E tem que pedir com jeitinho.

Essa não, de novo com o argumento do ressentimento. Não vou estragar meu restinho de carnaval com essa miséria de espírito, tá? Enquanto você passava suas férias em resort com parque aquático, eu estava fazendo retiro tântrico na época em que nem era modinha. Então te pergunto, quem é o ressentido? Enquanto você assistia à apresentação infinita de balé das tuas meninas, eu recebia os faunos do Zé Celso Martinez no meu apê em Santa Cecília. Quem é o ressentido? Você é alta temporada, eu sou março e setembro. E você só sai do ressentimento quando está comigo. Qualquer uma das nossas trepadas semanais dá de dez a zero na trepada anual protocolar que você tem com a sua esposa. Quando é mesmo? Como você pode se casar no dia do golpe! Quanto mau gosto. Se bem que faz sentido de alguma forma. O cerceamento da liberdade. Sejam infelizes para sempre.

Então, tá bem, *cariño*, sou ressentida por não ser infeliz como você e a tua esposa. Tá certo. Se você fica tranquilo com essa versão, para mim tá ótimo. Mas quanta pequenez, viu, Sérgio. E quanta hipocrisia. Há doze anos é sempre essa mesma lengalenga. Sem contar nossos anos de namoro. Hoje acho até bom você ter terminado comigo quando fui fazer a pós em Havana. Casou bem bonitinho e se preparou para receber um dia a mulher que me tornei. Até hoje lembro a tua cara de bobo quando me viu no baile da Associação Médica. Fui só para te ver discursar. É sério, *cariño*! Não estava minimamente interessada em perder meu tempo ouvindo aqueles bonachões brincando de médico e a alta burguesia curitibana rodopiando ao som de Ray Conniff. Às vezes acho que você não tem a menor noção de quem eu sou.

Tenho que ter muita paciência, viu? Só te aguento porque não posso negar que você tem suas qualidades. Quando você não tem seus surtos de ciúmes e suas crises de autismo, você até vale a pena, sabe. E quando você me abraça por trás e me beija a nuca. E quando você me pega à força e faz o que quer. E quando você implora para eu ficar mais cinco minutinhos. Opa. Espera. Um velho no meio da rua, que susto. Saiu do nada. Só um pouco. Calma. Já te falo.

Nossa, tá bem doidão. Dançando, todo molhado, fantasiado de Papai Noel. Parece até uma alucinação. Tô achando que a tua mulher colocou alguma coisa na minha bebida. Ou vai ver é um zumbi pós-carnaval. E se eu for um zumbi também, achando que eu tô viva, mas na verdade tô é no pós-morte já faz tempo, condenada a ficar discutindo com você quem é o ressentido da relação? Brincadeira, *cariño*.

Espera que eu tô chegando perto do Papai Noel zumbi. Tô indo devagarzinho caso ele se jogue em cima do carro. Ou caso queira me atacar. Deixa eu ver se tem algum potencial. Engraçado, tenho a impressão de que eu conheço esse Papai Noel.

Espera, Sergio. Já te falo. Não consigo enxergar direito com essa garoa no vidro. Tenho certeza de que conheço ele. Não tem perigo, *cariño*. Ele tá bem pior que eu. Está bem mal mesmo. Vou parar o carro. Não posso negar ajuda, Sérgio. Só um pouco, já te ligo.

GILDA PONDERA: MORTOS NÃO TÊM COCEIRA

Não sei se existo independentemente da Amélie ou se sou uma criação da cabeça dela. Suspeito disso porque ela sabe muito mais sobre pulgas do que eu. Por exemplo, eu não fazia ideia de que já fui larva e pupa. Nem sabia o que era isso. Foi ela que me explicou e finjo que concordo só para não decepcionar. Assim como não tenho a mínima ideia se reproduzi, se botei ovos, se tenho filhotes. Dou evasivas, porque já percebi que para os mamíferos essa coisa de filhote é meio sagrada. Simplesmente não sei o que é o passado. Descobri que algo assim existe, de tanto a Amélie me perguntar sobre o meu. De qualquer forma, ainda é uma noção que sinto que entendo, mas não sei explicar. Antes que me pergunte, não sei se isso é uma coisa de pulgas em geral ou se sou só eu, eu que nem sei se existo ou se sou só uma alucinação.

O fato é que sempre que percebo que estou consciente, é como se eu estivesse começando a existir naquele momento. Todas as coisas que vivo desaparecem em poucos minutos da minha memória. Por isso não largo a Amélie. Tenho medo de esquecê-la. Ou será que isso é tudo invenção da cabeça dela? Ela é uma cadela muito inteligente. Já passou por poucas e boas no tal passado e ficou anos assistindo ao Discovery Channel com a dona maluca. Sabe tudo de ciência e história. Uma doutora. Agora me pergunto se sou eu que acho isso ou se é ela se autoelogiando me usando como uma ficção útil numa espécie de masturbação egoica disfarçada. Mas o que é uma masturbação egoica disfarçada? Não tenho ideia, então por que estou dizendo isso? Por outro lado, Amélie me falou de um troço chamado simbiose, em que dois seres passam a viver como se fossem um. Também me contou que possivelmente a vida pluricelular só existe porque muitos indivíduos do reino monera se juntaram para fazer algo novo. Como lembro disso? Não sei. Talvez tenha me apegado a essas ideias para me afirmar como uma pulga real, que de tanto ouvi-la e estar misturada ao seu pensamento, absorvi algumas palavras, conceitos, léxicos. Hihihihi, léxicos! O que diabos é isso?

Fico na dúvida se conto ou não para a Amélie sobre esses meus questionamentos. E se, de fato, eu for uma invenção da cabeça dela e ela não sabe? Acredita mesmo que eu existo de forma independente e que sou sua única amiga. Tenho o direito de acabar com essa ilusão? Fora que estou gostando de existir, mesmo se for uma existência falsa. Quem se importa? Quem está concluindo isso, eu ou a Amélie? É dela a máxima de que se placebo funciona, não importa se é placebo, importa que funciona. Bem, eu não sei o que é placebo, mas me parece uma ideia parecida com a questão sobre a minha existência.

Quem é você, afinal? Como capta meus pensamentos? Sim, lembro, eu resolvi dar um passeio rápido sobre a pele do Yeti agora há pouco. Amélie falava tanto dele, dos seus pelos, sua barba. Dei um pulo rápido na nuca dele e logo senti uma qualidade de pele diferente, era como andar nos bosques de Fontainebleau. Já um cachorro, minha expertise, é como abrir uma picada na mata atlântica. Discovery travel, minha amiga. Uma maravilha, conheço o mundo inteiro. Mas voltando à comparação entre pele humana e pele canina, são feromônios diferentes, temperaturas diferentes, consistências diferentes, movimentos diferentes. Feromônios? Não sei. Apenas veio.

Foi no Yeti que conectamos, então. O que fazia lá? Uma piolha? Você é uma sugadora como eu! Já esteve em um cachorro? É um sangue mais puro, sem as toxinas do sangue humano. Eu inclusive estou achando que esse sangue do Yeti é meio entorpecente. Não pareço estar bem do juízo. Essas questões todas não fazem sentido.

Então você também viu a mulher do antigo Egito? Parecia aquela que morreu picada pela cobra. Você é uma piolha de cobra? Ah, é outro bicho, ok. Também achei que tinha algo entre eles. E na hora que concluí isso tratei de parar de pensar imediatamente. Se a Amélie capta esse meu pensamento, capaz de voltar a ser a cadela assassina, voar na egípcia e lhe arrancar a artéria femoral, deixando-a sangrar até morrer. Ciumenta essa cadela. Uma coisa de louco.

Vamos até mudar de assunto. Ah, ela está dormindo. Se existo enquanto ela está dormindo, então eu existo independentemente dela, certo? Mas posso ser um sonho, droga. Talvez por eu ser um sonho é que estou me sentindo tão doida. E na verdade não suguei sangue intoxicado do Yeti, mas isso tudo foi sonhado. Então você também é um sonho. Mas quem está sonhando com você? A Amélie ou eu? Você tem alguma prova de que existe independentemente de mim?

NATÁLIA OSTERNAK

Nouveau message
À: Cristine Arantes
Re: Volte para nós

Oi, Cris

Não precisa se desculpar por me escrever. Sei que estou pisando na bola e já faz tempo. Gosto de saber que você está preocupada comigo e preciso realmente de alguém que surja bem do meio da realidade para me arrancar dos lamaçais nos quais tenho me metido. Eu sei, amiga, é difícil entender, mas agora vou te dar todo o contexto, vou te contar tudo. Que bom ser você, alguém que tem a sensibilidade necessária para entender a minha tendência irracional aos lamaçais.

Antes de mais nada, quero te agradecer, porque sei o quanto você está salvando a minha pele no *bureau,* cobrindo minhas ausências e me ajudando com os teus truques. Para te acalmar, já adianto: não vou mais para o Brasil este ano. Está decidido. Coloquei um ponto final no meu relacionamento com a Marilena. Deixei claras as minhas condições. Se ela não me assumir para a família, não tem volta.

Mesmo assim, preciso de ajuda, Cris. Me sinto tão frágil, tão vulnerável. Foi bom ler no teu e-mail todo o histórico que você fez sobre como saí do Brasil e construí minha vida inteirinha aqui em Paris sem a ajuda de ninguém. Fez eu me lembrar da mulher forte que sou, ou que fui, porque sinceramente, Cris, quando me lembro dessa mulher, parece que é outra, e não eu.

Tenho me sentido como uma jovem ingênua, desgasas que se apegam a modas e quer ser amiga da garota popular da escola e quer usar roupas de marca e ser sócia do clube da patotinha endinheirada. Todas essas coisas que sentia que não podia sentir quando era adolescente, estudando numa escola de gente rica, porque eu tinha bolsa de estudos. Não podia nem sonhar em ser uma menina com desejos. Segui em frente apenas acreditando que precisava sair do lugar onde nasci e, até que estivesse bem longe, não deveria olhar para os lados e me distrair com as bobagens das meninas da minha idade. Até eu conhecer a Marilena e querer ser como ela, para que ela olhasse para mim. São essas nuances que acho nunca consegui te explicar, porque só agora entendo realmente.

Na época, eu tinha uma tutora do programa de bolsas de estudo, uma agremiação de benfeitores ricos, que bancavam escola particular para alunos que se destacavam em bairros pobres. Essa tutora, Alba, cuidava de mim mais do que a minha mãe. Ela foi a primeira a identificar que eu não gostava de meninos e nunca me recriminou por isso. Ela só me dizia baixinho, espere até entrar na faculdade. Não corra o risco de perder a tua bolsa. Talvez ela fosse como eu, com uma história parecida. Eu achava que sim e que havia uma grande promessa: quando eu fosse para a faculdade, algo maravilhoso aconteceria, que faria valer a pena todos os anos em que sequer ousei desejar algo diferente do que eu tinha e que já era muito: uma boa escola.

Hoje vendo como me infantilizo diante da Marilena e daquela vida *petite bourgeoise* em que ela sempre esteve imersa, penso que todos esses anos da adolescência em que eu parecia não ceder às tentações, estava apenas nutrindo inconscientemente um monstro que hoje se manifesta cheio de frustrações e amarguras, cheio de um sentimento de injustiça, de uma ânsia de reparação, de uma gana de ter as coisas mais frívolas e idiotas, como se sem isso eu não pudesse ser ninguém. Você acredita que tempos atrás fui a uma festa do consulado em um clube chique de Curitiba e me senti malvestida? Acredita que isso abalou de verdade a minha autoestima e que comecei a olhar as pessoas rindo de mim e senti que estava ficando vermelha e nervosa como se estivesse em um baile de debutantes para o qual não fui convidada? Dá para acreditar, Cris, que essa menininha assustada sou eu? Já não sabia mais dizer se as pessoas estavam de fato rindo de mim, ou se era tudo paranoia da minha cabeça.

Tentei me restabelecer com um discurso pedante, cheio de cifras de PIB e IDH, só me dirigindo aos homens da mesa como se eu quisesse me vingar das mulheres que riram da minha roupa, fazendo com que elas se sentissem burras e fúteis. Veja que horror. Você sabe que não sou assim. Eu não sou, né? Mas se agi assim é porque definitivamente tem uma parte de mim que é. Como um gênio da lâmpada que se liberta só em Curitiba. Desde quando estamos na Unesco, por quantas recepções já passamos, com quantos chefes de estado, e nunca me senti insegura quanto à minha aparência. No máximo, ficava um pouco nervosa quando tinha que discursar. Já enfrentei até gente do naipe da Le Pen, sem nunca me michar. O que é isso agora? Penso em quantas missões já fizemos, em quantas comunidades já trabalhamos, quanta gente já treinamos para tirar da mais completa indigência tantas mulheres de quantos países, mas quando acontece comigo um negócio desses, Cris, parece que não sou nada, que não fiz nada nem por mim nem pelo mundo. Que gosma é essa que gruda no nosso corpo e faz emergir um amontoado do que há de pior em nós?

Então, quando você tão delicadamente me perguntou se eu não percebia o mal que eu estava me fazendo, e falou que tinha um trabalho enorme para ser feito do qual eu estava me desincumbindo por razões talvez banais, eu te digo com toda certeza, sim, percebo, mas as razões não eram banais, pior, eram completamente nefastas.

Estou voltando para Paris fugida, tendo constatado a minha total incompetência em exorcizar esses fantasmas de classe. Achei que dar essa nova chance ao meu relacionamento com a Marilena com minhas idas para o Brasil seria uma excelente oportunidade para eu encaixotar tudo isso e tacar fogo. Mas não. Fui consumida e massacrada. Volto com o rabinho entre as pernas e sinto que ainda carrego um vírus do qual precisarei me tratar. Um vírus inoculado pela Marilena e que, mesmo à distância, ela consegue manipular. Precisarei da tua ajuda, Cris.

Não sei se já te contei que minha paixão por ela começou na adolescência com alguns contatos físicos, alguma consciência de que era algo proibido, umas brincadeirinhas, uns carinhos inocentes. Eu frequentava a casa dela, de uma família muito rica, sempre me sentindo meio suja, metafórica e literalmente. Os pais dela certamente percebiam algum perigo na nossa relação e fizeram de tudo para que a Marilena fosse estudar no exterior. Letras, em Nancy. Mantivemos contato por cartas por um tempo. Quando comecei a faculdade de Direito num universo em que eu não era a única pessoa sem grana e estudando antropologia, ciências sociais, filosofia, comecei a me sentir uma pessoa normal. A me entender e a falar abertamente disso nas minhas cartas. Quando parei de receber respostas, também parei de escrever.

Só no último ano de faculdade é que reencontrei Marilena. No cinema com um namorado. Ela tinha voltado para ficar. Sorrimos uma pra outra, nos abraçamos, nos olhamos longamente de mãos dadas, trocamos telefones e nos ligamos. Passamos a nos ver quase todos os dias. Naquela época, eu já recebia salário como estagiária em um escritório e morava sozinha em um apartamento no Centro. Ela vivia na minha casa e as coisas foram acontecendo naturalmente. O resto você sabe: eu insistia para que nós assumíssemos o nosso relacionamento. Ela me enrolou por um tempão até que tivemos uma briga. E aí tem algo que não te contei, porque eu mesma não dava importância. Agora sei que foi por essa pequena omissão que a Marilena inoculou seu vírus em mim.

Nessa briga, falei que era abjeta a vidinha de aparência que ela levava com aquele namorado que a traía aos quatro ventos com uma estudante de Medicina. Era verdade, todo mundo sabia. Marilena saiu de si. Disse que eu tinha inveja da mulher que ela era, inveja porque eu nunca saberia o que é ser mulher e por isso eu não entendia o relacionamento dela com o Nuno e tudo isso porque eu era uma aberração. É muito difícil pra mim escrever essa palavra. Aberração. Toda vez que a pronuncio, ainda que em pensamento, sinto a dor horrível que senti naquele dia em que ela me esbofeteou com aquela palavra e bateu a porta da minha casa como se fosse a porta de um lugar imundo. Percebe como entrar em contato com a Marilena faz eu me sentir suja e errada?

Aquela batida de porta encerrou minha vida no Brasil. Já estava pleiteando o mestrado aqui em Paris, até acreditava que Marilena poderia vir comigo. Talvez tenha escolhido a França justamente porque ela gostava tanto. Eu era, afinal de contas, a menina sem desejos. Eram os desejos dela que eu pegava para mim. E uma vez aqui, você sabe muito bem, passei a ter meus próprios desejos. Que me são muito caros até hoje e por muito tempo me fizeram acreditar que aquela terrível batida de porta foi a melhor coisa que aconteceu na minha vida.

Não devia ter reaberto.

Quando voltei ao Brasil para o enterro da minha mãe, há dois anos, Marilena me procurou e reatamos. Foram dias maravilhosos, você sabe. Ela passava dias comigo aqui em Paris, viajávamos juntas pela Europa e pelo Brasil. Apesar de sempre escondidas, sempre à margem da vida real dela. Era como uma contravenção divertida. Para ela. Para mim, não. Para mim era como um investimento. Era bom, mas eu esperava que ficasse melhor depois. Um depois que nunca veio. Quando comecei a me irritar com isso e a cobrar dela uma posição, ela veio com seus pseudópodes e me inoculou a peste.

Ela me contou o que se passou depois que bateu a porta na minha cara antes de terminarmos da primeira vez. Ela pediu aos prantos que o Nuno dirigisse para bem longe. Quando estavam nos arredores do Jockey, ela pediu para ele parar. Perguntou se ele a achava uma mulher atraente, se ele se casaria com ela, se ele consumaria o casamento ali mesmo, naquele carro, naquele instante. Obviamente, ele não titubeou em nenhum momento, até porque era um tipinho asqueroso. Ele foi meu veterano na faculdade de Direito, era de uma família rica, de magistrados importantes, mas ele mesmo era um duro. Sabe esses caras que têm que ficar ricos a qualquer preço? Naquela época, estava começando a se destacar na publicidade, mas ainda assim se beneficiaria muito entrando para a família da Marilena. E então conceberam a Débora.

E agora você deve estar se perguntando se é a Débora que pedi para entrar em contato com você sobre a Fundação Carmen Piva. Sim, é ela mesma.

E deve se perguntar também o que há de tão grave no fato de a Marilena ter perdido a virgindade em um carro com um crápula e concebido a primeira filha lá? A rigor, nada. Entretanto, desde que reatamos, a Marilena insiste em me contar essa história de outro jeito.

Ela jura que só conseguia pensar em mim enquanto era deflorada por aquele brutamontes, que sentiu o momento em que a filha foi concebida e que sentia tão forte o amor que tinha por mim, que a Débora, portanto, é filha do nosso amor.

Isso me pegou, Cris. Me pegou de um jeito absurdo. Escrevendo agora para você me parece um roteiro chinfrim de novela das oito. No entanto, todo esse tempo em que ficamos juntas tratávamos a Débora como a nossa filha. A nossa Débora. A nossa menina. Percebe como me envolvi nessa trama?

Marilena nos apresentou um dia:

Débora, essa é minha amiga querida de infância, Natália. Ela é uma grande advogada na França, trabalha na Unesco há muitos anos, tenho muito orgulho dela e estou muito feliz de termos retomado a nossa amizade.

Natália, essa é minha filha, Débora. Essa maluquinha largou o doutorado no meio e teve dois filhos em sequência, dá para acreditar? Mas logo, logo vai retomar a vida nas mãos, não é filha? Você e a Natália têm muita coisa em comum. Queria muito que vocês se conhecessem e blá blá blá.

Os olhos da Débora brilhavam na minha direção. Eu estava muito, muito emocionada. Nem eu nem ela ouvíamos direito o palavrório infinito da Marilena. Eu olhava para a minha filha, que em breve seria uma companhia constante, que me colocaria os filhos dela no colo, meus netos, e que me confidenciaria coisas, me revelaria suas inseguranças e me pediria conselhos. E ela, Débora, olhava para quem enquanto me via? Não era certamente para uma segunda mãe.

Por que havia tanta emoção naquele encontro, hoje eu me pergunto. Fazia sentido que eu estivesse emocionada, pois estava amarrada naquela trama de filha e netos, que de alguma forma tocava em lugares sensíveis da minha existência. Eu, que nunca soube ao certo se escolhi não ter filhos, ou se só aceitei essa realidade. Mas e ela, por que se apegou tanto a mim?

Marilena achava totalmente natural. Viu como ela gostou de você, como ela de alguma forma sente que é sua filha, como você precisava ocupar seu lugar de mãe. E o que me mata hoje é desconfiar que a Marilena percebeu desde o primeiro contato que o encantamento de Débora por mim era de outro tipo. Mães reconhecem essas coisas, não? Por outro lado, não posso acreditar que ela seria essa pessoa sórdida. Mas, então, por que o tempo todo incentivava a Débora a me procurar, inventava situações para nos encontrarmos, falava para mim do quanto ela me admirava? Devia falar pra ela as mesmas coisas sobre mim. Não, não é possível, Cris, que ela estivesse incentivando algo entre nós.

Então, volto para a teoria de que ela se enganava o tempo todo pela tese do amor filial, da filha concebida do amor de duas mulheres, com a participação masculina puramente instrumental, por uma figura paterna totalmente inútil e dispensável que, de fato, representa bem o Nuno. Talvez uma espécie de reparação por ter dado um pai tão repulsivo a ela. Uma dívida em parte paga por seu casamento com o Albuquerque. Ele realmente teve um papel paternal para Débora. Mas como dívidas afetivas nunca são completamente pagas, ela achou por bem arranjar uma outra mãe para ela. Uma mãe com o papel de amar, enquanto Albuquerque tinha o papel de cuidar e prover. Como se todas essas coisas não pudessem estar em uma só pessoa, por um erro cometido no interior daquele carro, então eu faria parte desse Frankenstein paterno, trazendo amor e afeto.

Não sei o quão perversa a Marilena pode ser. Às vezes penso que faz isso para me amarrar à vida dela através da filha. Mas ela não percebe que a filha tem um sentimento no mínimo perigoso por mim? Por que não conta de uma vez da nossa relação para ela? Ela seria tão execrável a ponto de incentivar esse sentimento? Com que intenção? Livrar-se de mim, me jogando nos braços da filha? Ou me enrolar, até que o marido morra e enfim ela possa me chamar de volta? Que horror pensar que ela seria capaz disso. E como sou eu que estou inventando essas hipóteses, devo aceitar que essa sordidez toda é só minha. Percebe a lama em que estou mergulhada? Tenho coragem de contar isso apenas para você, Cris. Como posso descer tanto o nível das minhas interpretações? Tento salvar a Marilena: ela é bobinha, não vê nada com malícia, na cabeça dela tudo se passa porque somos duas mães e uma filha em um mundo que harmoniosamente resolverá tudo. Ela vê a filha se segurando em mim como se eu fosse seu porto seguro e acha completamente normal. Sou eu que estou interpretando mal as mensagens que a Débora me manda, achando que ela está dando em cima de mim. Ou seja, sou uma doente mental, uma psicopata. E o que faço diante disso? Devo dizer "querida, sou sua mãe" ou "querida, sou a mulher que estava na cabeça da sua mãe quando ela copulou como o verme do seu pai, por isso, sou sua mãe também". Que tipo de maluca faria isso? Então devo sair correndo e abandonar a minha filha, que não é minha filha, mas ao mesmo tempo é a única filha que eu tenho?

Como odeio a Marilena por tudo isso, mas não consigo deixar de amá-la. Só que amá-la me faz tão mal, porque significa voltar para um lugar que julguei ter largado assim que vim fazer mestrado aqui e supostamente larguei todos aqueles valores provincianos de reverenciar famílias burguesas como se fossem o único lugar confortável no qual alguém pode estar. Foi só quando deixei tudo isso que pude ser eu de fato, me assumindo lésbica, abandonando a ideia de um homem redentor que me arrancaria todos os problemas e não me deixaria nem saber o que é um imposto de renda. Acreditei que eu poderia ser a única razão da minha felicidade. Se eu não tivesse reaberto aquela maldita porta, ainda estaria nesse lugar de aconchego. Mas agora estou arruinada, sentindo-me como um peixe preso em uma rede, que quanto mais se mexe, mais enrolado fica. Gastando o ar que não tem. Asfixiando-se ao tentar respirar.

Me ajude, Cris.

Bisou

Natália

MARIA TERESA INTERROGA MIRTES

Mirtes, o que é feito do Nuno?

Só me diz se ele tá vivo.

Ele tem uma barba branca comprida?

Acho que tô vendo ele na rua.

Não começa, Mirtes. Não tenho mais vinte anos.

Sei me cuidar, e você sabe disso.

Só me diz uma última coisa. Nesses anos todos, ele falou de mim alguma vez?

TESSA

Relaxe, pulga. Isso não é relevante. Se eu existo, se você existe, se somos o sonho de uma cadela. Você está numa pira errada. Desde que sugou o sangue do Yeti, que eu chamo de vovô, você não parou de falar um segundo. Já botei mais de 250 lêndeas; comandei uma ponte aérea para a cabeça da egípcia - mas deu em nada porque era peruca e embaixo da peruca tinha cabelo tingido que não presta para nós; perdi 50 indivíduos da minha prole e já os repus copulando mais uma vez. Agora é só aguardar a postura das lêndeas. E você está aí com essas questões ridículas. Você tem que se apropriar dessa essência de pulga, aproveitar que esquece tudo e não se preocupar com nada. Acho que essa tal Amélie é muito tóxica. Você devia dizer logo pra ela que é uma alucinação mesmo e picar a mula. É claro que não me preocupo. Se existo ou não existo não muda nada. Nesse ponto, concordo com a cadela com relação ao placebo. Seja lá o que for isso. Mas se você está aflita, vamos fazer o seguinte. Eu ouvi o que a egípcia disse para o vovô depois de ficarem parados frente a frente se olhando por uma eternidade suficiente para eu fazer tudo o que te disse e sugar muito sangue do vovô a ponto de ficar com soluços. Não vou te dizer o que ela disse. Tente descobrir sozinha ou com a cadela. Se eu for uma criação de vocês, então sabem tudo o que eu sei. Ops, foi mal. Esse sangue é meio indigesto, mas não sei por que não consigo largá-lo de jeito nenhum. Volte aqui e beba mais um pouco, pulga. E desencana, meu. Você vai esquecer tudo daqui a pouco. Mas se quiser continuar nessa *vibe*, toma essa: e se tanto eu quanto a cadela formos alucinações da sua cabeça? O vovô, a Egípcia e tudo o que você está vendo também. E se só você existe? E se nem você existe?

MIRTES, A DONA DO PUTEIRO

Pra me ligar hoje a essa hora deve ter se metido em encrenca. Quem, o Nuno? Virgem Maria, Tetê. Não vai desenterrar esse trauma a essa altura do campeonato.

Está vivo, sim. Às vezes vem aqui, e por pena dou uns drinks de graça e deixo as meninas brincarem com ele. Elas gostam, fazer o quê? Veio uma noite dessas, um trapo de dar dó. Desde o escândalo ele está um farrapo. Depois da morte da mãe, então, piorou muitíssimo.

Sim, uma barba horrenda. Por que você tá perguntando?

Não chegue perto, Tetê. Preciso te lembrar de como você ficou quando ele te largou pra ficar com aquela uma? Ele quase arruinou a tua juventude.

Vou falar, sim! Pode me escutar. Sei o quanto foi custoso pra você trabalhar pra bancar o curso de Medicina. Conviver com aquelas meninas ricas, escondendo o que você fazia pra ganhar a vida. Mas você era gênia e todo mundo te respeitava. Eu te admirava tanto, filha. Te admiro. Fiz de um tudo pra te passar os melhores clientes, pra te proteger dos brutos, mas não era pra você se apaixonar. Como você pode ser tola de achar que um moço de família rica ia te assumir, Tetê? Pelo amor de Deus, filha! Não vai revirar esse passado agora.

Tanto que rezei pra Virgem Maria te tirar daquela depressão, quando você voltou com aquela tua malinha dizendo que ele não apareceu pra te buscar. Pedindo perdão por ter fugido, implorando pra eu te deixar entrar e chorando um choro de seis meses. Eu preciso te lembrar disso. O Nuno não era pra você, Tetê. E hoje, veja a ironia, você é uma mulher boa demais pra ficar com aquele pudim de cachaça.

Não acredito! Você não pode estar me perguntando isso! Olha, Tetê, não vou mais te poupar, não. Quer saber a verdade, te digo. Ele sempre falava de você. Sabe o que ele dizia? Que o erro dele foi ter te feito de namoradinha.

AS MOÇAS DO PONTO DE ÔNIBUS

Imagine que o mundo acabou e só sobraram você, o professor Aroldo de fisiologia e esse Papai Noel bêbado que veio pedir esmola. Se você tivesse que se reproduzir com um dos dois para perpetuar a espécie, com quem seria?

E se o professor Aroldo fosse completamente desdentado e tivesse cancro mole, com quem você ficaria?

E se o professor Aroldo, além de ser banguela e ter cancro mole, estivesse com a perna gangrenada exalando um fedor de podre?

Não, não pode deixar a humanidade acabar. Tem que escolher!

Tá. E se o Papai Noel mendigo, além de estar molhado, com fedor de sovaco e suor seco, bafo de cachaça, arrotando na tua cara durante o ato, também tivesse a perna gangrenada? Você ficaria com ele ou com o professor Aroldo?

E se nascesse uma filha e ela tivesse, para perpetuar a espécie, que transar com o Papai Noel, já que o professor Aroldo seria o pai dela? Sabendo disso, você manteria a sua decisão de transar com o professor Aroldo?

Tá bom, eu paro, eu paro, eu paro!!! Você reconhece que eu ganhei e que a minha mente é mais maquiavélica e perversa que a tua?

Olha lá, aquela Cleópatra chegando no Papai Noel. É impressão minha ou ela está descartando o professor Aroldo?

Do que você está rindo, hein? Olha que você vai acordar o pitbull do Papai Noel e ele vem te pegar! Daí não adianta me pedir ajuda.

Me dá um gole. Vem aqui, vai.

Você prefere que eu vá pra tua casa ou você prefere ir para a minha?

Okay! Você prefere que eu acorde o meu marido e chame ele pra ficar com a gente ou ficamos só nós duas na sala?

Maravilha! Você prefere dar pra ele ou ficar me olhando enquanto eu dou pra ele?

E se ele tiver sífilis?

QUARTA-FEIRA DE CINZAS NA LOJA DE FANTASIAS

Werneck, graças a Deus você atendeu. Estou com o coração na mão. Calma, estou bem. Mas passei um susto, amiga. Foi há mais ou menos uma hora. O meu Papai Noel bateu aqui na porta da loja. Gritando e chacoalhando um sino dourado. Gritava moooooooça, aaaaabre com voz de bebum. O infeliz nem pra ver meu nome naquele cartão que me causou tanto problema. Tava todo esculhambado. Eu sentia o cheiro dele só de olhar através do vidro. Sim, a loja estava fechada, mas eu estava organizando tudo, porque depois do meio-dia vem todo mundo devolver as roupas e eu fico bem maluquinha.

Não tive coragem de abrir, amiga. Foi horrível. Ele implorava. Fui em direção à porta. Cheguei a pegar na maçaneta. Só que tinha algo dentro de mim que me impedia. Uma intuição, sabe. Um cheiro de encrenca que se misturava com o fedor que vinha dele e do cachorro. Sim, tinha isso. Ele estava com um pitbull velho, mais capenga que ele, que rosnava e mostrava os dentes. Uma cena horrorosa. Larguei a maçaneta e sem conseguir olhar na cara dele, coloquei a placa de fechado na porta e apaguei a luz. Ele voltou a gritar e começou a bater com força na porta. Subi correndo aqui pra casa e fiquei olhando pela janela. Não, ele não me viu aqui em cima. Fiquei olhando, estou olhando até agora. Não, ele desceu pra a pracinha da esquina.

Ele tá bem loucão. Às vezes dança, daí tropeça no próprio pé, cai, levanta todo torto, começa a falar como se estivesse discursando para uma multidão e por aí vai. O cachorro? Pera aí, está lá, sim. Deitado. Parece que está dormindo. Putz, tem uma moça que está vindo falar com ele. Meu Deus do céu, não estou acreditando no que eu estou vendo! Calma, deixa eu ver melhor. Sim, é isso mesmo! Ela está com a fantasia de Cleópatra da Vila Izabel de 2011!!! Que coincidência absurda, Werneck. Sim, foi o ano em que eu desfilei na Sapucaí com uma igualzinha. A noite em que perdi a minha virgindade. Inacreditável como a vida é irônica. Será um sinal, amiga? Devo ir lá, acudi-lo?

Qual a importância disso, Werneck? Você já não tinha descartado a hipótese de ele ser traficante? Tá, mas ele não entregou nada pra ela. Nem ela pra ele. Eles estão parados e se olhando meio de perto, meio de longe. Ele se aquietou pelo menos. Vendo ele aqui de cima, não consigo mais sentir aquela calma de ter conhecido o amor. Desde aquela noite na Sapucaí, procurando o homem dos sonhos e quando acho que o encontrei, ele escorre pelo bueiro junto com a água da chuva, confetes e bitucas de cigarro. Meu coração está frio de novo.

GILDA EM RUÍNA E RUÍDO

Você me ouviu, Tessa? Eu sei o que a egípcia disse para o Yeti. Acabei de ouvir ao mesmo tempo que você. Portanto, você não é uma alucinação da minha cabeça, muito menos a Amélie. Quem dirá aqueles dois humanos. Como eu teria sugado o sangue deles se não fossem reais? Por falar nisso, a realidade do sangue da egípcia é muito melhor que a do sangue do Yeti. Fiquei tonta com os dois, mas o dela tem um gosto melhor. Bem mais saboroso também que o daquelas duas no ponto de ônibus. O que a egípcia disse? Putz, esqueci.

Não é trapaça, não. Eu juro, eu ouvi. Vou me lembrar daqui a pouco, se eu não morrer antes disso. O que esses dois tanto se olham, hein? Será algum tipo de ritual de acasalamento? Você sabia que os percevejos fazem a corte às percevejas rodando como dervixes na frente delas? Queria saber se existe algo assim no mundo dos piolhos. Ah, vocês esfregam as anteninhas um no outro? Que romântico. No mundo das pulgas, eu não sei, eu não lembro. Também não deixava a Amélie assistir programas sobre pulgas na minha frente, por medo de ela descobrir minha vidinha sem graça. Então, a verdade nua e crua é que não sei como as pulgas acasalam. Não sei se já acasalei e não lembro ou se sou uma pulga virgem. De qualquer forma, se alguém rodopiou na minha frente, não dei a menor importância. Se eu pudesse escolher, preferia que fosse algo mais no estilo de dança cossaca. Mexe mais comigo.

Mas que diferença faz a essa altura do campeonato? Se copulei, se tive orgasmos, se fui mãe. Se não lembro de nada, então nada disso existiu. Por falar nisso, vou acordar a Amélie antes que eu me esqueça dela. Além do mais, já está na hora dessa egípcia ir embora. Amélie, vai dar um corridão nela. Tessa, se quando eu voltar, eu não me lembrar mais de você, não me leve a mal.

***

Se alguém conseguir ouvir o meu pensamento, peço por gentileza que avise a Tessa, na cabeça do Yeti, que minha companheira acabou de nos deixar. Suguei seu sangue pela última vez. Estava frio e amargo. Lembrei que já tinha sentido esse gosto antes. É o gosto da morte. Não sei por mais quanto tempo vou existir. Se eu for uma alucinação da minha companheira, devo desaparecer em alguns instantes, assim que ela finalizar sua *petite mort* definitiva. Não quero me arriscar saindo daqui para morrer longe dela. Por isso, peço que avisem a Tessa sobre o ocorrido. Digam também que eu lembrei o que a egípcia disse. É muito importante que ela saiba que lembrei. Antes de abandonar essa existência, preciso deixar uma prova de que não trapaceei. É o meu presente para ela. O símbolo da minha amizade e de que nunca a esqueci. Por favor, passem para a Tessa a seguinte mensagem:

Nuno, é você?

POSFÁCIO

Ruína e ruído e os orgasmos múltiplos de uma pulga

Julie Fank

Quando alguém morre, tudo para. Primeiro, o sistema respiratório para de funcionar. Com isso, vem a inevitável parada cardíaca, quando o coração também para de funcionar. E aí é em pouco tempo que a consciência, os reflexos e todas as funções cerebrais são interrompidas. A morte é a gradativa perda de movimento dos sistemas que fazem um corpo ficar em pé. Um corpo que poderia ser o de Nuno Piva. Que não morre.

É em torno da figura, do corpo e da cabeça de Nuno PIva, inicialmente um candidato a papai noel de shopping, que a narrativa se funda. Ora hospedeiro, ora parasita, Nuno é palco para o drama de uma pulga, mas já foi um protagonista que perdeu o palco. Ex-publicitário de sucesso arruinado por um escândalo político e sexual, ele mesmo se encarregou de escantear-se.

Gilda e Tessa, personagens aparentemente ingênuas aqui, roubam a cena. Do microcosmo invisível em que habitam, há uma lente para o mundo ficcional construído por Fernanda Magalhães. É na torção da história, de boca em boca, que, aos poucos, ela nos apresenta os satélites que orbitam Nuno, um personagem principal que não abre a boca. Ele é observado, criticado e narrado por mulheres, por desconhecidos - e por uma pulga e um piolho. Ou melhor, uma piolha. Sim, Gilda e Tessa são parasitas. Dessa lente microscópica, a gente enxerga o mundo.

É a transmissão e distorção da informação, mesmo que a fonte seja insignificante. Um diálogo íntimo e confessional de quem observa um homem em colapso, descrente do capitalismo que ele ajudou a forjar, mas completamente alheia ao dono de sua hospedeira, a cachorra Amélie. Gilda. A pulga, está preocupada com suas relações minúsculas, seus orgasmos e a própria morte. Ela assistiu muito ao Discovery Channel.

Cada pessoa que pega o microfone para contar sobre Nuno, acinzenta a imagem que temos do protagonista e deixa entrever as fantasias que escolheu para seu próprio carnaval. São e-mails, cartas, perfis em aplicativos de relacionamento, telefonemas - tudo regido pelo tom da fofoca e do alarido. A carta póstuma de Carmem, sua relação contundente com a situação das mulheres afegãs, alheia à situação das mulheres brasileiras. A devassidão de Marilena, forjada nas festas pós-separação, embaladas com a vingança da qual sente orgulho contrastam com a mulher que, no presente, se ressente do ex-marido e não assume seu grande amor, Natalia. Some-se a isso, Débora, a filha exausta das manobras do pai, prestes a assumir o legado da avó. Também a relação estranha de Débora com uma grande amiga da sua mãe. Tantas outras personagens *quase* de carne e osso. Quando Fernanda resolve contar a história deste homem a partir do que se ouve dele, escolhe também legitimar essas vozes. Vozes também nada virtuosas que estão preocupadas com suas relações minúsculas, seus orgasmos e sua própria vida. Tanto quanto a pulga. É na lacuna e no vozerio que ela constrói a figura deste corpo no mundo. O leitor especula, bisbilhota e decifra os enigmas que levam à Esfinge. Quem é a egípcia, afinal, e o que ela falou pro Yeti?

Neste romance, pessoas, pulgas e piolhas estão presas à sua própria pele e condicionadas ao relógio da existência. Nuno Piva está preso à sua própria pele, mas jogou fora todos os relógios. Pessoas, pulgas e piolhas, todas, têm uma tristeza muito peculiar. Uma tristeza que encontra regozijo na fofoca e que goza na decadência alheia. Que a narrativa comece no natal e termine no carnaval, é só um jeitinho magistral de engrossar o caldo, botar mais água no feijão e se deleitar com esse banquete de fracassos. Fracassos, aliás, historicamente ilustrados pelos delírios de um oito de janeiro já carimbado no calendário político do país. A decadência de Nuno não é só social e sexual, mas também política. Numa participação estranha e transgressora na invasão, com direito a uso de ilícitos e uma roleta russa no gabinete presidencial, ele empreende um ato de autodestruição máxima a despeito de qualquer convenção. Sua ruína à vista nas câmeras de segurança do Palácio do Planalto.

A acidez de Fernanda na costura deste conto que cresceu é digna de nota e aplausos. Com o pé no consultório, ela, psicóloga, empreende uma investigação pelo defeito, pelas brechas de caráter de cada personagem, desnudo ao assumir a primeira pessoa e fazer o que há de mais humano: fofocar. À volta do protagonista, todos cansados dessa figura-sol apatetada e apática prestes a eclipsar, não economizam predicados dos piores. Mas não é só de ofensas que se diagrama a história de Nuno. Para a moça da loja de fantasias, ele se torna objeto de um amor inesperado e transformador. Seu corpo "gordo, flácido", seu "cheiro de mausoléu" e sua falência são transmutados em algo sublime pela percepção da personagem. O grotesco, aqui, se transforma em epifania para a personagem da loja. A eficácia do amor como redenção do personagem é uma boa tentativa de Fernanda de dar humanidade ao ser errante. Mas ela consegue mais do que isso. A humanidade dele está em não se perceber parasitado, nem parasita. Ele está tão à parte das dobras da sua existência que não economiza em tentativas de acabar com ela. Todas fracassadas. A exemplo das pulgas, que podem se perpetuar num ambiente caso não se quebre o ciclo, ou dos piolhos, que podem morrer de velhice no seu hospedeiro e garantir a sobrevivência das espécie por meio das centenas de ovos que depositam numa vida, a vida de um parasita só acaba quando há intervenção. Caso contrário, é a infestação que afeta quem vive no ambiente.

A moral de Nuno Piva, percebe-se, pelos cataclismas que provoca na família e nos amigos, é negociável. Mas, apesar dos preâmbulos, deixa entrever um ou outro afeto angariado por aí. É o caso também de Maria Teresa, uma médica ex-prostituta afeiçoada por ele, que talvez seja uma das que o enxergue por trás da decadência. Ou não. Ao fim e ao cabo, entre o carnaval e a 'Quarta-Feira de Cinzas', o que sobra não são apenas confetes e bitucas. Sobra um corpo em ruína, ecoando o ruído de um relógio quebrado, e a certeza de que as pessoas, em sua complexidade parasitária, como no ciclo incessante das pulgas e dos piolhos, entoam um organismo prestes a parar. Como disse Gilda, mortos não têm coceira, mas, a gente sabe, a pele morta sempre coça.

Julie Fank é escritora, artista visual
e diretora-fundadora da Esc. Escola de Escrita.

AGRADECIMENTOS

À Rafael Dabul, por todas as leituras e releituras. Por ser quem ficou enquanto eu escrevia. Pelo que vivemos e pelo que ainda vamos viver.

À Julie Fank, por me fazer acreditar que um conto poderia virar um livro. Por me puxar, me levar, me empurrar, me frear, me apressar, me esperar e me resgatar do afogamento sempre que necessário.

Aos meus amigos Vilma Aguiar, Guadalupe Fernandez Presas, André Tezza, Guilherme Gontijo, Plínio Junqueira Smith — e ao nome que não publiquei, mas guardei — por terem arranjado tempo para ler o manuscrito e me mostrar tantas coisas.

Ao meu amigo Vinicius Berlendis Figueiredo (*in memoriam*), que incentivou minha escrita desde o primeiro conto.

À Lena Japiassú Macedo, que se recusou a ler o manuscrito porque queria ler o livro publicado — e, assim, pôs um necessário ponto final na história.

Ao meu filho, Lucas Dabul, que entendeu que este livro não era para a sua idade — mesmo sendo sobre o Papai Noel.

SOBRE A AUTORA

Fernanda Magalhães nasceu em Curitiba, em 1975. É formada em Psicologia pela UFPR, mestre em Filosofia pela UFSCar e doutora em Psicologia Experimental pela PUC-SP. Foi professora universitária por dezesseis anos e hoje atua como psicóloga clínica. Seus primeiros textos literários foram publicados no site *O Baile*, que ajudou a criar em 2021. *Quarta-feira de cinzas na loja de fantasias* é seu primeiro livro.